人文诗散丛文书

书生的王位

汤养宗 ◎ 著

河北出版传媒集团
花山文艺出版社
河北·石家庄

图书在版编目（CIP）数据

书生的王位 / 汤养宗著. -- 石家庄：花山文艺出版社，2022.3
（"诗人散文"丛书）
ISBN 978-7-5511-6081-0

Ⅰ.①书… Ⅱ.①汤… Ⅲ.①散文集—中国—当代 Ⅳ.①I267

中国版本图书馆CIP数据核字(2022)第026097号

策　　划：	曹征平　郝建国
丛 书 名：	"诗人散文"丛书
主　　编：	霍俊明　商　震
书　　名：	书生的王位 Shusheng De Wangwei
著　　者：	汤养宗

责任编辑：杨丽英
责任校对：李　伟
装帧设计：王爱芹
美术编辑：胡彤亮

出版发行：	花山文艺出版社（邮政编码：050061）
	（河北省石家庄市友谊北大街330号）
销售热线：	0311-88643221
传　　真：	0311-88643234
印　　刷：	河北鹏润印刷有限公司
经　　销：	新华书店
开　　本：	880毫米×1230毫米　1/32
印　　张：	8.25
字　　数：	160千字
版　　次：	2022年3月第1版 2022年3月第1次印刷
书　　号：	ISBN 978-7-5511-6081-0
定　　价：	55.00元

（版权所有　翻印必究·印装有误　负责调换）

目录
CONTENTS

花开的声音　　　　　　　　／ 001
包火术　　　　　　　　　　／ 005
偌大的单人房，为什么总安放着
　一张双人床　　　　　　　／ 010
书生的王位　　　　　　　　／ 016
一滴"入魂"　　　　　　　　／ 024
借用一生　　　　　　　　　／ 031
钥匙在这里，门在别处　　　／ 035
喧动　　　　　　　　　　　／ 040
总是衣服跑得比我们的身体更快／ 046
在斜阳西照的傍晚进入一座荒
　芜的乡下老房子　　　　　／ 050
孤品　　　　　　　　　　　／ 055
一寸一寸醒来　　　　　　　／ 060
声声慢　　　　　　　　　　／ 065

迟暮颂	/ 070
最后，我们都要活到一起	/ 075
暗物质	/ 081
恍惚的豆粒	/ 086
聋子听见哑巴说瞎子看见了真相	/ 091
摆棋局的人	/ 096
全球洗手日	/ 101
拧紧的水龙头为什么仍在滴水	/ 106
我是自己身体的异乡客	/ 111
做我的小事，养我的小命	/ 115
发信者对收信者的补寄	/ 120
生命的地图	/ 124
化作一道金光，穿墙而去	/ 128
在语言的断裂处，总是疯子 　　金身闪现	/ 132
生命的屋顶	/ 137
雕花	/ 141
做手脚	/ 147
保重，我们再也上不了情人桥了	/ 151

谁知道那是酒事或者诗歌，与

　　俞昌雄的或酒或事或诗　　/ 162

读书的地盘　　/ 172

幻美的远行者　　/ 186

丽水行　　/ 192

回舟山，回到我的群岛　　/ 197

宜兴别记：天下之器及天必废器　　/ 201

诗歌的靠椅　　/ 207

期许与预言　　/ 210

我已在自己的老地方渐渐老去　　/ 214

彩绸的运河，丝质的时间　　/ 218

卖鱼桥　　/ 221

泽雅笔记　　/ 223

诗事，酒事，一场欢乐英雄们的事　　/ 228

一个逻辑怀疑者在一座山上的

　　左想右想　　/ 237

毫无胜算的事（代跋）　　/ 255

花开的声音

一定会有许多天仙会在这个时段飘然而至。

每天凌晨四点左右,我就要被窗外的鸟鸣声叫醒。在那棵老榆树上,数不清的小鸟发出了你争我夺却又无比清幽的啾鸣声。那些小小的正发出声响的器官,不知是怎么构造出来的,是两片薄如绸缎般的弹簧吗?还是谁使用了神的手指在拨弄空气中的丝竹,让空气有了悠悠颤颤清幽悦耳的声音。

再仔细些听进去,我还感到这棵树上有些不是花的东西在这刻也同时在树上开花了。那是一棵树散发出来的另一种香气,那是声音转化而成了芬芳,接着才有心安理得的心情,感到这棵树上所有的声音其实都是花朵。

它们纷纷在不同的枝丫上绽放开来,不同的正在跳跃的声音正显出各自不同的颜色。这很奇妙,声音在这里有了五彩缤纷的颜色,还有了花朵的形状,带着花的心跳,也带着花的语言,是声音还是花朵,在一片色彩缤纷中顿时已难以分清。

这很不真实,再拉开一些距离,内心里接收到的信息则又是另一番景象，鸟群与花朵已隐去，纷繁有了落实，浮现出来的还是一棵树，但它又是一件会发出声响的乐器。郁郁葱葱，却是浑身上下布满了奇妙的声音。以至让我引发出了别的联想，这棵树上到底有多少张嘴唇？甚至，当一棵树要说话时，布满浑身上下的嘴唇由谁来安排谁先谁后说话的一系列顺序。那争先恐后的众喙，它们也是这棵树茂盛的叶片，使整棵树呈现出众声喧哗又夺人心魄的气象。

而这歌声多么像来自一个盛典中的舞台，在这里登场的都是训练有素的各路高手，有美声的，也有民族的，还有戏剧中的花腔，它们的声音有的具有裂帛之美，有的则像绿草遮盖下的泉眼，叮叮咚咚中清澈透明，也有的显得跌宕而荡开，经过曲水流觞般的啼啭，再形成不管不让的冲决，按也按不住。细细辨认，它们中间还有烈焰与文火之分，跳脱与沉稳各显其法，盘桓与抵触之中显出了色彩纷呈的各种音区与各个声部，幽鸣中的各种音色成了高端复杂的美的交汇。

顺从着这些声音，我还辨认出了树上有貂蝉，也有杨贵妃与西施，还有英雄中的男性，分别在演唱东篱把酒中的暗香盈袖，或大风起兮云飞扬的纵横捭阖，收拾旧山河的壮怀激越，以及绿肥红瘦与西风啸荡相应和的消解。仿佛几个朝代各自按住时空的对应角终于聚合在一起做相同的事，家国盛衰与才子风流的情怀也正在这棵树上一一呈现出来，在晨风微微掠过的晃动中，历史的声音与鸟儿们的身影组成了浑然一体又如梦如幻的空前盛况。当中许许多多的脸谱都在这声色的交汇中演绎着光阴中交错的故事，趁着天色尚未打开，朦胧中一张张如从天而降的亲切面容，无论谁来得太早或者谁来得太晚，都让人感到这就是历史性的合唱与交响。

而待天色转白，日光把一切如幻如梦的事象全部照亮，我们又重新看到了一棵茂盛的老榆树，看到那无数盘虬纵横的空枝只是梦幻中谁的遗址。仿佛上一个时间在这棵树上发生的一切都是假的，仿佛那些鸟又变回去成了树上的榆叶，那一锅炒豆子般乒乒乓乓作响的鸟鸣声都被吸进了树干里头，小鸟们还躲在树皮里偷偷窥探我们在树下查无实据的眼睛。

在这世上，我们也是不可信的，我们听到了那么多如歌如诗的啾鸣声，转眼之间竟变得空空如也，一切可以让你信，又不敢全身心投入地去相信。

也许这样最好，每个凌晨中醒来，鸟声就已布满在我们的听觉中，让人感到新的一天早已备就了鸟语花香，同时又让人在花开般的声音中想探究到，那如花的声音里究竟都有些什么。

只有像我这样的人，每每会在这半疑半信的感觉中，坚持着自己内心的快乐，相信鸟鸣的声音就是花开的声音，相信我所拥有的这四处绽放的鸟语花香，正是我可以赖以活下去的一份有依据的甜蜜。并开始也对着这棵树模仿着发出各种鸟的啁啾，还在喉结附近，压住自己的气管，经过一番细心的变调，与一树的鸟儿们对上了语言，这边啾啾，那边也啾啾，一问一答，但说不出自己究竟问了什么，它们对我也回答了什么。

生活就在这种亦幻亦梦沁人心脾的气味中开始。在种种花开的声音中，我也成了花开的一种。

2020-06-13

包 火 术

火一朵又一朵渐次摆开,像鸟不能展翅飞去。我正在练习这门古老的手艺,用纸把这些火苗包起来,等于将火捉住,无论火在纸里头怎样地叫。

薄薄的纸,像一次次送上来的命,让我把它们送到火的面前。无疑每一次都是一场对决,要把火包起来,并不被火烧掉,神那样在指尖经历了一番谁都看不到的秘密运行。

结果是,每一张被我使用到的纸张一触火立即就烧起来了,宛若谎言再次地一戳即破。连留下来的痕迹也没有,无解,屡试屡败,不可问,也靠近不得。

可自古偏偏就不断有人在尝试着这门技艺。对应着俚语里早就有的"纸包不住火"这句话,证明这种难为的游戏有着人们一再想把它做成的兴奋点,证明它有值得为之把玩的难度,不可为而为之才是高手喜欢折腾的魅力所在。

手握绝活的人历来背叛了万众公认的日常规律。他们喜欢独来独往的独木桥,认为万物真正的"在"是看不见的,并将我们分成只有"我",而从来没有"们"。认为技艺从来是孤独的。

万众的眼睛在他个人的眼睛里从来不算眼睛,当他把玩起来的时候,那张纸已变成了一堵厚厚的墙。纸从来不是纸,这是他意念里早就有的把戏。

也许你会想这当中一定存在着遮蔽人眼的骗术,关键是当那人在场上做下这一场人们早就疑心的"骗术"时,人们是多么狂热地屏住呼吸,作为天地间的见证者般将自己参与在当中,过后还认定这一切都是真的。

作为围观者一旦经历过这样一次的"眼见为实",他们一般也会接着相信,移山倒海以及点石成金这类手中活只要这个高人在,天地是允许他们变成事实的。

每一次,当那人用一张薄薄的纸包着一团火,并将这团纸包的火轻轻托起的时候,全场的人都报以最热烈的掌声。

技艺正是可以这样去练成的。

我眼下也正在练习这门独活,我现在最大的障碍是自己的"心障"。在做下一连串动作时,心头过不了的一个坎是:依然把手上把玩的东西看作火还是火,纸还是纸。

当这种念头无法消融时,另一个我正站在另一头的位置上,远远看着这个玩火的我,看到猪还是猪,而无法变成一头牛。

这让我在每次做的当中都仿佛一头撞在铁板上,自己对自己说:你真是笨死啦。

这必须去破解，必须拿掉那无法转换的一"念"方可获得开化。做到火与纸在手上都有来去的自由。

可如何在众目睽睽之下让自己变得强大起来，使这种现象变成别人必须认同的具有颠覆人心的霸气与势力，使你们看到的火，在我眼里根本就不是火；你们看到的纸，在我手上也更不是所谓的纸；这一切，我还得从中破除道术上的障碍，最终成为手里可以随意拿捏的小把戏。

这就叫难度，所谓的瞒天过海或穿越疯人院，当中非理性与非人性可接近的问题，都在这里。

我的十指一次又一次地被烫伤，作为这种逆向的练习者，我是怀着某种罪名来坚持这项工作的。可我又知道，当我非要持之以恒地做下去，一切存在于暗处的障碍又终将为之敞现，使之露骨，让我看到是是非非中的事物终于有了认命般的翻转。

我知道，到了那时，所有的火光都会变得弯曲，并维护着我在当中的一切心念，维护着我所使用的一切手法。

我一定会在这当中完成我要能做下的手脚。所谓千年暗室，一灯即明，这过程中的移除或充填人们已不再去计较，人们所要的是，看到火光的变形。同样，当我当众拿掉这盏火，人们同样没有看到火被我搬动的痕迹，人们在意的是，纸终于保住了一团火。

这就是我所能做到的，让在场者的眼睛时有时无，在看得见与看不见之间有了弯曲与错愕。

哪怕这时突然闯进一个雄辩家，也无法说清这当中所经历过的柳暗花明。这就是我高远的心血及作为某种术士的复杂性，明明是翻手为云覆手为雨的游戏，却有千山万水的阻隔，让人欲辨已忘言。

令人恍惚的火，要把它关在一张纸里面，这是多么难以降伏的内与外、明与暗、有与无、真与伪的这一面与那一面。经历过千万遍的训练，现在我已有点儿不敢辨认自己的这双手。它们到处都是灼伤的疤痕，在若有若无的烧焦的空气里，你可以用鼻子嗅一嗅，什么叫处心积虑中过火的味道。

现在，我难言地十指相扣，像个傻瓜般坐在那里一言不发，其实，我想到的是，人世上这朵深不可测的还没有被命名的无名火，性质上应属于哪一团神火。它主导了一场变换，在看到与看不到之间，让人心随之在被挑明与遮蔽中领略到了一个人高超的手艺。

仿佛万众的看到与看不到是可有可无的，而只要随着这门手艺的成功翻转，所有的在场者也便随着这个深邃的玩火者到达技巧的彼岸，成为这场游戏的胜方。同时感到事物中有一些东西是可以被这样移动的，那明明看去是不可能的事，会非常合理地让你再一次看傻了眼。

因为一个人的成功，再高深的难度便不再是难度。

不知为什么，当我练成并第一次当众做成功后，我便狠狠地一次又一次地搓洗着自己的手。我突然感到，一个人当有了高超的手艺后，便发现这双手从此也染上了类似于罪愆的印迹。自己的随心所欲，其实是对常理中不可违的天条的冒犯。这冒犯便是对常理不可跨越与天律不可公示于天下的违约。

想一想，你竟泄露了上天紧紧看守的一项秘密！

有些东西是需要永远处在深不可测的状态中的，你一旦把它公开，便是把本来束之高阁的神谕公之于众。人神之间的高墙从此也形同虚设，许多本来不许围观的事物也在人们的随意窥视之下变得毫无神圣感可言，这不是冒犯又是什么。

在我玩耍这朵火的场上，有人已开始叫嚷："你把这张纸再反过来让我看看那团火还在不在。"也有的说："窃火者自古都相当于把自己当作一个变性人。"说明这场游戏已不是单纯的施用于辨别明暗关系的游戏，人们已经不再在意被我苦练成的遮蔽火焰的手段，而是直接问到什么的在与不在，以及场面上的趣味性。

隐藏在一切技法背后的神圣性已不可能获得本该归位的崇高感。那些通往神性的技法，也反而跌落在不堪的揶揄中。我问自己："你以为你颠覆了谁？"

现在，这团纸包的火正在我手上把玩着，我听到纸的里头有狮虎在窜动着，并做出困锁在牢笼中的咆哮状。我知道，它们为什么要咆哮。

而另一旁有个人对我发出了庄严的训诫，他要再三申明的依然是天底下的这句话：纸永远是包不住火的！

2020-04-10

偌大的单人房，为什么总安放着一张双人床

像我这样一个从小与众多兄弟姐妹挤在瓦屋下成长起来的人，对床的感觉是特别具有一番情感的。

三五个小兄弟共在一个被窝里睡觉，是再寻常不过的事。寒夜被子薄，几个兄弟便挤一块儿借助相互间身体的热量取暖。那时，兄弟间若是不挤在一条被子里，反而会冰凉。若是夏天，便各自散开睡，在南方海边的星空下，我经常到屋外躺在一条比较宽大的板凳上，香甜地睡上一夜。

每当夜幕拉起，我的母亲会经常掌着灯数一数露在被窝外的那些脚丫子，便知道她的儿子们是否已经到齐入睡。她的八个子女的脚板谁的长成什么样子，只要瞄一眼，便知道谁与谁还没有上床。

那是她内心永远秘而不宣的算术题，她知道一些有解或者无解的数字，只要用心看管好便有了天地间的群星汇合与牛羊归栏。她与父亲操持的这个家是那样艰辛，但她每晚依然要用

那类似于要点石成金的手指点算一遍这张床上的脚丫子，那数字令她甜蜜又让她感到心酸。

也有例外，一次我玩得太晚回家，见家门已经关闭，便坐在门槛上睡着了。那夜，细心的母亲总觉得哪里不对头，夜半又点起煤油灯对露在被窝外的脚丫子点算了一遍，发现她最小的男孩并没有在被窝里，便赶紧把门一开，我一头从门外滚进了屋里。

写下这些，想说的是，作为给人安歇的床，自幼起就在我的记忆里种下了温馨而又略带凉意的感觉。不知从几时起，当我开始躺在一张只有一个人睡的床铺上美美地睡去，就会觉得自己已经享受到了天堂的一部分。或者，那就是天堂。

后来，床留给人的记忆全变了。一个人不单可以不与房间以外的一切有任何关系地独占一张床，许多人反而嫌弃一个人睡在一张床上没意思。我幼年时那张寒酸的床，那张与亲情与汗味拥挤在一起其乐无穷的床，好像在这个世界上，完全不曾存在过。

今天的他们有的是另一番拥挤，他们在床上欢闹，打滚，尖叫。

现在，我每次外出，拎包走进被安排好的一间单人房里时，第一个在大脑里蹦出来的问题是：这么大的单人房，为什么偏偏又安排了一张双人床？

现在反过来，我对床有了另一番不适应。也不知道这种不适应的依据是什么？

也许，它属于这个时代才有的某种连锁的意识反应，在进入房间的那一刻，总感到我已不是我，住进来睡觉的人是另外一个人，同时应该还差一个人。这种错觉致使我无法辨认，这个人是孩提时与我一块儿挤床铺的亲兄弟，还是另外的一个人。

这是个钥匙在这里，但门在别处的年代。我们经常弄不清打开一扇房门的依据，或者，我们将钥匙插进一扇门，却意识到另一头的另外一扇门被打开了。我们所开的门，已经是十分混淆的门。现在已很少有人还会躺在床上去想，这刻的野外还有孤寂的归人，今晚的歇脚店不知在前方的哪一处？

同时，这又是一个让人无端生出这也不是我的床，那也不是我的床的年代。能安分地只睡在自己这张只占一半的床，或要求每个夜里只睡在自己那张单人床的事，已成为一种难度。

它成了在时代中被单列出来的那种孤悬的精神，你叫它洁身自好或者偏执症或者孤僻症也行。

当下，出门在外能坚持一个人睡，在某个精神层面上，仿佛就是你的身体正在与全天下人反目成仇。

我们的身体其实一直是挑三拣四的身体，看住自己的身体，何尝不是一场捍卫一座精神城池的保卫战。

在我们的身体以外，天下有多出来的永远不想睡在一起与永远睡不到一起的问题。我们自以为是的身体，经常的生存状况是，不是被另一具身体反对，就是至今仍在反对着另一个身体。

两个身体的问题，总是太过于复杂，并不容分辨。像两颗星体，在茫茫宇宙的运转中，相遇过几回，似有似无的相互致意，也有茫然无措的永不能靠近的距离。而许多最有理由睡到一张床上的两个身体，后来得到的结论往往是：井水不犯河水。

许许多多的人之所以至今仍在拒绝着另一个身体，其实是在拒绝自己。拒绝自己随随便便就被什么势力说服。拒绝自己的身体多出来的想法。

许许多多的人夜晚都在床上干些什么，更多的人是在似睡非睡中练习飞翔。这种练习具有趁着夜色去一个自己想去的地方的念头，或者也有偷偷摆脱自己正在借以睡眠的这张床。

这真是这个人坚执中苦不堪言并无法向谁表白的一个人的战争。

我观察过许多男人或女人的脚后跟，都长着一层厚厚的茧皮，那不是他们平时穿鞋穿出来的，那是夜里在床上不断地做蹬踏磨蹭动作，在睡梦中想要把自己像火箭一样发射出去而摩擦出来的。

那似真似假的过程，不但磨损了自己的床席，也磨厚了自己的脚后跟那层皮。更有甚者，一觉之后起床，有人的额头上突然多出了瘀血的肿块，那是这个人梦游的结果，他以为他已经逃离这个房间，已经穿墙而去，结果，他什么地方也没去过，自然什么事也没有干成。

而额头上的那个包，像莫名其妙的致敬，又像睡梦中永远无法留下名字的人，对自己的深情一吻。

归纳地说，这些违背国家美学的事，我们当中的大多数人都偷偷摸摸或者大手大脚地做过。

在梦里的那一头，仿佛是一座取之不尽用之不竭的银行。谁也不知道，在这座想象中的银行里，自己究竟藏下了多少无法公开的秘密。我们有时看到奶牛场里一个农妇正在挤牛奶，我们第一眼看到了她挤出来的牛奶，而在之后，我们便有点儿意识不清，或者不想去辨别，再被挤出来的又是什么。

谁都以为老天总会遂人意的，以为自己会是那个果然等到天上掉下馅饼的人。并带着要把傻事做到底的眼神，对天赌气地说："你再不掉下一块馅饼，我就把门前这棵柳树给拔啦。"

这两件事合起来都是不可能的事，可有人就是不甘心地要与谁赌上一把。很少人为了这，甘于认命或猛然醒悟。就像我们一说再说的床，让自己一个人安心地睡还是与别人一同睡，都不是轻易的事。

当种种自作多情的幻觉一次又一次地被谁没收，成了镜里之花，也有人赢得了得意之梦，在一切都不可能后，他学会了在睡梦中发出呓语，或者学蛙鸣，在深不见底的夜色里，一声，两声，然后引发了旷野上一整片不依不饶的鼓噪之鸣。

而像我这样一个已经自认为与白云为命的人，早已离开了旧床与新梦的纠缠关系。像一个人要观察身体能不能服当地水土那样，我也已服了天下任何地方的床铺。朝东我能入眠，朝西我也能入眠。

宾馆里单人房里那张宽大的双人床上,有一半的被单经常被我完好如初地保留在那里。在左半身或右半身的床位上,对那空出来的半个位置,带有敬畏,也有一丝丝的惶惑。仿佛是留给某一个神仙的,与神仙同眠,这是我现在不但不敢告诉人,同时也是无法把它辨认清楚的一个愿望。

我抱紧自己,自己给自己暖身。想到的是,在这个孤悬的人世上,这一夜,我依然要继续做一个精神上孤悬的人。想好了这一切,我留下了一半完好的床位,便鼾声如雷地睡去。一夜安心。

2020-05-06

书生的王位

每一次搬家,就突然地对自己有了一番显得有点儿异常的多情。

好像要搬走的是另一个人,他只是借用了我的名字而已,而真正属于我的这具旧的身体依然要留在老地方。那多年来由我身体里散发出来的气息,依然恋恋不舍地纠缠着什么。一个人身上一直有两个魅影。

我还会模拟性地对身体中的另一个人说再见,也突然感伤自己就这么要与曾经相厮守的岁月中的另一个自己作别,从此要去这座城的那一头,与这个留在原地的被自己刻意孤立出来的人,在时空中再不能头尾相呼应。

这感觉让我感到自己在一再地减少,每搬一次家,我都感到原来的身体又被减去了一半。

我已越来越死心塌地地认为,"半边人"这种叫法是相当有道理的,并可以叫通许多东西。

搬家的过程就仿佛是身体在一块块掉落的过程,当收拾完一切要搬走的家具，出门时就是在经历一场白日梦，有两个自己在相互挥手作别，或者是这一个在问另一个："你怎么还赖着不走？"也可以倒过来："你怎么还不离开？"

这也类似于"但见新人笑，那闻旧人哭"。这话放在这里另有一番意味。在与自己旧时光的挥别并一脚将要跨出门槛时，总是有另一个自己依然留在了原地，那个人名叫记忆。

在这个肉身的居所里，自己所经历过的每一天，欢乐的与闹心的日日夜夜，身心在当中不断地变形并得到提炼，无论是成功还是失败，从来都告诫自己要坚持，要忍耐，相信总有一天会从这一切中走出来。

正是有了这磨砺中的一切，每个人才有了与天下人相似的不舍。这也叫自作多情，想走也走不得，想留又有另一半不让留。

而这一回搬家让我闹心的是，我的书房。

我突然感到，自己的余生中再也不可能享用到这样的书房了。

当初装修这套房子时，我就特意让师傅按我的意图设计成了我所要的书房模样。我对他说，这个房间是我一个人用的，房间所使用的材料必须全部是木板。从书架的摆设到灯光的款式也都处处见得着我的用心与品位。着实的，我在这里有模有样地享用上了一个书生有点儿体面的时光，并且一用就是接近三十年。

更重要的是，那是我年富力最强的一段年华。再也没有什么，让一个人在自己最好的年龄段，用将近三十年的时间，与自己的那张书桌天天厮磨在一起。许多人的婚姻都走不到十年哩，一个人却可以不管世态炎凉跳脱、人情反复无常、无休止地与自己喜爱的书本及自己书写的方式默默相守，永无怨言。并可以向着窗外大声喧哗的那一堆人，有点儿心烦地念叨一句："看你一辈子俗根永不烂的样子。"

我几乎在每天凌晨的四点左右就醒来写作。理由很简单，从这个时辰到天亮，我个人生物钟中的精神状态最好，这一整段时间也是不受人侵扰的时间，可以完完全全地由我自己来支配。那情景，真有点儿像晨钟暮鼓下的青灯与黄卷，同时也在这间书房里，经历了从青丝到白发。

我见证最多的是，窗外的那棵老榆树一次次地超出了小区物业管理所允许的高度，一次次被几番锯掉枝干后又长出，最终，还是有人将它连根砍了才了结。这让我纠结了好一阵子，恍惚间一种精神依据没有了，也只好放在心里时常记起它郁郁葱葱的样子。他们砍不掉的是，这个书房很早就亮起的那盏灯。

而小区的保安凌晨巡查，每次路过这里，都以为我家的房灯昨晚又忘记了熄灭。

那真是我自己的心灯。坐在自己的书桌前，我就是自己书房里的王。

一个书生能拥有这种感觉，真有点儿自以为是，却也感到有点儿准确。这是天下所有的书生对自己的期许，并久而久之中做了认定：这里就是自己的王位。没有人可以争夺或肯来争夺的王位。

王的影子是从坐在书案前的这个人背影上分离出来的。它已脱离了这个人的肉身埋没于凡间的种种苦痛，超拔成气象万千的而同时又是孤苦伶仃的气柱。这样的感觉在意念与肉身之间开头是时离时合的，而后才有了越来越自在的复合。至少是精神深处两者可以暗暗拱手加额的默认。

而写作，正是一个书生一次次在精神上的登基。

每一次开始拟题写作，内心都是极其慎重的与庄严的，在那种由自己的心气营造出来的仪式感中，会感到自己所从事的写作生活是值得仰望的。每一次在书桌前坐下来，也相当于正坐拥着一个神圣的地盘，享用着一个书生可以纵情挥霍的纵横捭阖与万里江山。

所有的对自己的期许就是从这里开始的，我坐在那里，平心静气地伺候着自己写下的每一个字，每一个字也同时反过来像长着眼睛，目视着我的用心与用情。关注着我是不是又在持续地得到神性的启示，在自己的文字里继续建造起一座宫殿。

同时，我也享用了运行在文字里的恣肆汪洋，因奋发的书写而高高在上与自以为是，在理所当然中当真的拿自己当作某位国王，这个王他此时正在自己的王位上发号施令或挥手进退，消磨着写作的权利所带来的那份身心中迷幻的愉悦。

这真是甜美的幻觉。

我坐在那里，面对自己要表达的文字，涂改或更换，一些字眼填进去或挖出来，少掉或多出，只能任由自己在一再的定夺中做出最后的安排。甚至是本以为今天可以定稿的，过了第二天又被否定了。类似于文字中也有一座宫廷每天都在做内部的争斗，让我得知纸张上同样也有一个繁复喧哗的乾坤。

而审视事物的美学眼光，也正是在这种一而再的推搡中得到训练，甚至在犹豫不决中变得严酷或者准确起来。我也时常对人说，文字是带有"毒素"的，它们来自被带"毒"的眼光安排，发出熠熠生辉的"毒性"。

我知道，这也是一种治理。所谓笔下乾坤，说的正是这种繁华与严密中的治理能力。写作所能铺开的秘密面积，以及心气纵横间的逻辑关系，甚至远大于一个国土的辽阔。

正是这张书桌，让我有了坐拥十城及一统江山的感觉。正是处在深度忘我的写作状态中，我才感到自己内心的气柱一直是谁都无法阻挡的。在那时，我可以毫无顾忌地呵斥着什么，责令一条河流改变自己的流向，让自己从这一个人间神秘地进入了另一个人间，时间也由此在我的书写中顺从地弯曲了下来。

无疑，我们司空见惯的时空关系在这个书房里已经被我另外设置，我在这个书房里是没有常形的。我由此有了多个身份，几个不同年代的人与几个不同国度的人，可以因为我的召集坐在同一张圆桌边聊到由我给出的同一个问题。我同他们一样，同属于这世界的一部分，同时也是虚幻的这个世界公正而严厉的判官，更是一个身份至尊的主。

写作的步步倾身与深入，正使我的容颜一天天渐渐老去，只有一种感觉是不会老的,那便是对自己一直浑然不觉的自认。这种自认并不需要任何契约,也无须谁的许可,在这座书房里,我就是我,就是那个志博云天与所向披靡的国王。

甚至,有时我出门在外,恍惚之中会突然感到,在遥远的那座城中的那个书房里,一座江山正处在无人管理的状态中。一个国王的出游,使那里的时空显得难言的闲适,显得"野渡无人舟自横"的样子。

一只老虎正伏在那张书桌的电脑前睡去,而另一个影子会在这只老虎边上出来一再地踱步,它们散发出了同样的身体气息,有点儿霸气,也有点儿寸土不让地对谁做出了某种程度上的看守或提防。

这些溢出的联想每当旋入内心的深处,便产生了我个人的自诘与自答,便要在信以为真中让我突然惊醒过来,追究这虚拟的"王位"与坐实在那个位子上的影子,为何是这般真幻难辨。

在偷偷地问过是与不是或者要与不要的诸般问题后,答案是清澈的,好像这些问题既是被一个书生用漫长的时间厮磨出来与摆设出来的问题,同时也早就意识到,无须多问,它们已多次得到了内心深处的深刻辨别与自我默认。

这默认,是对一个"王位"的默认。

在这里,我要一百遍敬重地对什么鞠躬,为有权利在这里巡视自己文字中的一山一水一草一木,感恩这一张书桌这一排图书,甚至是纸篓里一些废弃的稿纸。感恩所依仗的这个斗室让我自我命名出来的精神上的那个王,它们养下了我内心的底气，在读书与写作中升起高高飘扬的可以不让东风也不让明月的心旗。

多美好的疆土与天下，我坐在那里，每一天都在为自己加冕，当我顺畅地写下一篇篇视野开阔同时也众声喧哗与异质共存的诗文时，会感到这真是上苍对自己最好的安顿。自己何等庆幸，作为写作者在这个位置上几十年来一直是妥帖的。一想到这一切，我常常为这当中的虚实关系所带来的恩赐流下了眼泪。

我维护着这个可以让自己不断提气的位子。

正是在这里，一个书生曾用自己最美好的年华，最饱满的才华，也最用力地写下许多血汗淋漓与气焰旺盛的诗篇。它们像是谁特意安排了这座房子中的这个书房，让我应对在这里所铺开的一切。对此，难道还有其他别的什么或另一个人，可以前来与我争夺我留在这个房间里万马奔腾的内心岁月。

可是，这个王位即将被颠覆。我又要面临着一次搬家。

搬家时我对人说也是对自己说：这是这座小县城里最好的书房。说它最好，并非它的豪华气派，也非它的藏书量最多，而是一个书生曾在这座城市的这个房子里，比谁都更用心用力地读书与写作。

在这里，自己三十年的心血是真正被用心地用来挥霍的，三十载黄金般的心境也得到了刻苦艰辛的打磨。现在，这个人就要在这里失去自己的"王位"，再也不能以书香作为杀气，杀退生活里的什么对自己一而再的围堵。也再不能在一室之内自己为自己做主般搬弄着生命中的无中生有，自以为是，以及指鹿为马。

我将失去这一切，再也无法呼吸到自己在这个房间里留下的身体气息，并接受谁大手大脚地对这里的篡改。接受着这个人像另一个胜利的王者来这里收拾一片旧山河，使用着嫌弃与无视的眼色。

一切繁华的，难道最终都逃脱不了要成为瓦砾？

新来的房主将全盘接管这里的一切，也许他会手下留情，将这里继续沿用下来作一个书房来使用；更大的可能是，他会说这是个多么荒谬又无用的"遗址"，它会被全盘否认，将这里的书架书桌座椅全部拆除。

这种种估量完全合理，我连一句妄加干涉的建议也不能有。

从此往后，对它的回想也成了猜想，就像在自己的手掌上突然又长出五个指头那样，自己认也不是，不认也不是。

也像身体里有了一只整天在跑进跑出的小狗，它会时常去嗅一嗅曾经留有自己气味的某处角落，却再也找不到可以寻着它回到旧处的路。

我也像一位已被罢黜的老皇帝，去到了别处讨生活，漏洞百出又絮絮叨叨地读些雕栏玉砌应犹在的句子，在凭空捏造中想起自己曾经辉煌的王朝。默想着一张书桌为什么会成就为一个人的王位，一个人又是如何在一方斗室内建立起自己的纸上江山，并览阅着无比辽阔同时也显得可以荡气回肠的笔下乾坤。

想起这，一个书生竟也有了江山旁落的惆怅。

2020-06-09

一滴"入魂"

这就是他们所说的无中生有吗？肯定不是。但又让人可以要山见山要水见水地与自己的迷梦相遇。

仿佛是一种布施，却也是期许，感到空气中一直有一份刻骨铭心的可以激发出来的东西。

来自"一滴"，却能"入魂"，生命的平静状态其实是难以看管而又要被打破的。

我时常被一些莫名飘浮而来的香气所袭中，并有了短暂的迷醉状态。当要意识清晰地去辨别，如此美妙的气体，它散发出来的源头到底在哪一方？并同时诧异，自己为什么会有这种极为敏感的探究，是不是精神深处对于这种气味早就有了某种期待。

我生活的这座城市，经常会在街头或者一条小巷的拐弯处，飘出一道丽影而成为日常之魅，继而便感到川流不息的生活只要稍不小心便会流出几缕幽香。

这些本应由谁在私密的空间里好好严密看管的东西，竟然如此大方地公之于众，给人一份没有由来的额外得益与陶醉，让人身心意外地为之一阵激灵，心尖上有了只有自己听得见的小小的颤抖。

每当这个时候，我就会从自己隐秘的体会中去细细地品味什么，从开头一瞬间捕捉到的一阵具体的兴奋，到渐渐散开的无比模糊。感到许多女性其实都是类似的香妃，她们谜一样的身体天生就带有各种类型的香气而贯穿古今飘散在我们的嗅觉中，并带有缕缕神迹般摄人心魄的芳踪。

我们感到这就是生活的仁慈与宽宥，给你强烈地想用手摸出去的念头，让你回味在世界的另一头，此刻有什么已经很具体地无法捂住地流了出来。它们扑鼻而来，淡淡的气味让人神意飘升，让人身心为之一振。仿佛是上天送来的恩许，再一次让人确信，我们渴望的美，会时常情不自禁自己要跑出来的。

你还可以不被阻拦地去想，在这世界上，有许多东西终究是无法看住的，比如最好的美貌体态无论如何装饰都无法阻止人们对它的种种羡慕与想象。比如这飘逸出来的人体之香，当这位美女路过大街，人们嗅到由她身上散发出来的气息，便会轻轻地为之发出赞叹。甚至不分老幼，不分男女。

想一想，空气是永远没有私有权的，再私自的气体，只要一旦交由空气，它便会在气流里继续公开自己，成为延时中荡漾开来的涟漪，同时被分享，或刺激到被波及的嗅觉神经，让人得到了神一般级别的待遇。仿佛不用谦卑地讨好什么也可以有额外的奖赏，仿佛从别人的浪费中才得到自己的富足。

我们这样说出来，无论是否含混着某种自以为是甚至是望梅止渴的意味，但那一头难以收手的事实是，世界因为什么正处在裂开的流出中。

真相是一座天上的花房正在自我打开，供人想象，把我们对美的见识又提高到了只好缄口的沉默中。

这令人神魂颠倒的香气，在时光中不知从何时开始成就了一项兴盛不衰的行业。一个责令香气更讨好人类的行业，同时也致使世界的嗅觉一直处在万古常新与不断开合的状态中。

最初的制香术一定只是旁敲侧击或投石问路式的，甚至叫隔靴搔痒而久久不得要领。

一代又一代的制香师，对于香水历来投入了灵魂深处最迷狂的激情倾注。香水如何由液体转化为气体，继而用气味转化走进人类的心灵与神经，一步步开筑出登峰造极的密径。

香水因了她们，一次次长出了另外的面相。但一致的归途只有一条，那便是让人闻到后立刻感到灵魂被颠覆，只要有一缕侵入，便看不住自己神志，立刻变成被这种气味深深吸引的俘虏。

至今，全世界的女性依然迷恋着这些历久弥新地永驻人心的香型，它们的经典配方和传统调香手段仍是当今市面上作为风向流行的引领者。每一种香型的地盘，都聚集着不同的人群。

香，一次又一次诞生，并旷日持久地成为令人类心旌摇荡和诱发灵魂发狂的通天秘籍。

我曾经写过一首《与某位夫人谈香水》的诗歌，说到有些女人，你永远无法凌辱到她。

她身体中的这种香气总是显得那般高贵，让人够不着，成为人群里不可能被改变的另一个。仿佛她活出来的肉身是飘浮的，你想限制她却永远缺乏手段。

你永远不知如何去限制一个女人身上要飘散出来的气味。你不能跟空气中散开的香体较劲儿，在一座城市中，当你闻到这种香气，你的生活也是暗暗为之鼓舞为之感奋的。在我个人的理解中，因为某些体香发散在空气的作用，许多我们并不知她们芳名，更不知她们身世的女人，实际上已成了这座城市的精神地标。

一个女人的味道就是自己的好味道。它类似缠绵于个人心头的梦境，没法儿跟你说明白。它是一个女人身上最想要的"女人味"，正是有了这只有到了黄河水清般才露出垫底的"女人味"三个字，才成全了香在每个女人心中作为压舱石的地位。

于是我理解了处在时尚顶尖级的香奈儿品牌，至今一直将其创始人香奈儿女士当初研制香奈儿香水时无意说出的一句话，作为永世不变广告语的道理："我要女人味，不要香水味。"

此言对兴盛不衰的香水业，无疑也是一句不可颠覆的法则，一种品质与行业骨肉互抱又永远划开了一条真与伪、成与败的千秋分水线的界限。

"人无丑美，皮肉之下无非白骨"，如此直言不讳的话当然可以照彻人心，但我们又要在无数遍的讨教中生存下来，并时常要想方设法找到让自己甜蜜坠入迷幻的那种感觉。

香水其实就是为不安分的人心专门设置出来的迷局，这也应和了人心难以看守的致幻性及多重性。多少人为了这种气体，在虚幻中一再寻找生命所要的那条活路，甚至还相对于人性及动物性，分化出了林林总总的旁门左道，活得分不清自己究竟是人还是动物。

在动物界，一只雄狮距另一只母狮十公里开外，通过闻到的气味，便可以立即判断出这只雌狮子是什么年龄，身体状况好不好，以及是不是正处在发情期等一系列信息。

雄狮会根据自己接收到的这些信息立即向这只雌性母狮发出求爱的吼叫声，并不顾山高路远为了这命中注定的气味，一定要赶去交配。同时也让这只母狮同样闻到雄狮浓烈的雄性气息。

凡此种种，已无法区分在此当中的人性或者动物性。这些神秘的现象与动物或人类自身的神经中枢构造有着说不清道不明的关系。

死历来是人生诸多问题中的一个境界，但一旦进入了"香消"这两个字时，便意味着人的肉身生命已经与难以自制的精神幻象相关联。本来，我们一再要自己好好地看管自己的肉身，但它又总是不听话地被谁唤醒。横生出难以捉摸的冲动，让人心甘情愿地随之进入如幻似梦之中。

我们越来越看不住自己，越来越命中注定地闻到那些日新月异又意味深长的香气。

我们本来也想当然地以为，人类对施用于自己身上的香型一般会沿用已有的定义与惯性拓展它们的地盘，像一棵树哪怕分蘖出新的枝丫却依然会遵循于母本。可让我们同样看不住的是，我们施用于自己身体上追求美的手段也已变得越来越"坏"。

一个年轻人开门见山地告诉我："你苦心积攒下来的认识是无效的，你对这些香水的认识早就过时啦！"

"那你告诉我，现在市面上流行哪一种香水？"

"根本也没有什么市面，有的只有最要命的嗜好与最要命的争夺。"

"那属于女人的什么味道？"

"那也不叫女人味，它甚至不是女人们自己身上的，它是一种侵入或者叫获取，它才真正让人一滴迷醉，名字叫'野男人的汗气味'……"

好像吸引异性或者造成意味上的性感都已经有点儿显得太麻烦，她们需要直接拿来。自己享受自己，这太疯狂。

我当然无语，不是为自己的认知被颠覆，而是因为得到的新认知几乎不可能成为一种可行的认知。

而违背的逻辑正是在这种悖论中成立着。香水作为实质上的"迷魂水"，其作用于空气里的终极用途是什么？当然是在刺激别人与自己的过程中达到愉悦自己及兴奋自己的作用。那么我们把逻辑稍稍颠倒一下，便明白这种被冠名为"野男人的汗气味"的新香型，正是众多"心术不正"的现代女性最想得到的。

无疑，那种气味带有燃烧性的感官刺激，不但可以令自己立即"晕过去"或者"双腿软下来"，同时作用于别人也是全新的标新立异。如果身体对于现代女性的自身还是一个"家"的话，那么这个"家"正处在当下时髦的心灵时刻都假装要出轨的状态中。同时，用动物学的伦理学来分析，当下还有比这种"野男人的汗气味"对无人看管的现代都市女性们更中下怀的吗？

有人还特意小声地告诉我："不要说我们坏。眼下，这款香水已经走红，连最高端与最端庄的女士都在偷偷用。"我问什么叫"偷偷用"？回答是"只有被人偷偷用的东西才是最抢手与抓心的"。

无论是越活越明白，抑或越活越不明白，我们都要问：香水与人的身体，到底是谁引领着谁不可告人地一路走过来？或者，谁比谁跑在更前面。对此，我们想定下心神问个究竟，但此刻无论谁给答案都是很不可靠的。

可是，它永远管不住。这是最要命的，它能一滴"入魂"，致使人们的心性立即起火，并且能立即燎原成一大片，叫也叫不住。

2020-05-22

借 用 一 生

我母亲说:"我生下了你,身体也只是借你用的。"

说这话时,我已四十来岁,正值可以与一切一较高低的年龄。母亲的这句话让我有了恍惚感,我知道它具有把人世间最重要的道理一头撞开的破障之力;另一头却出现了一只孤身飞行在天地间的沙鸥,以及它那引起人驻足观望的鸣叫声;想到一切孤身飞行的鸟,都正在履行生命赐予它的力气,在几层阳光与几番风雨间飞完最后的一程。

一切都带有最后的力不能及啊。眼前过客般的谁与谁都正在抓到一把又一把的空气,以为完成了自己的隔空抓物。也有人用一整天或一整个下午在数豆粒,看自己能剥开多少豆荚,抑或有多少小豆豆被自己的手指尖捻数过。用完一个时空单位便翻过一页,有人说时间到了,借用你的一生又要被收回。

一切都是暂时的,此刻敲下这几个字时,就像这一生已经交上了最后一句话。

只是许许多多杰出的经历者,明知生命是短暂的,却创下了独霸一生而再没有后世可以超越与复制的业绩。明知一生晦涩，却又着实地灿烂了一回。后世的人想在他的最后一笔的终结处续写下什么，实在是对不起，你必须从生命的初期就重新开始练习，一人一次，练到你人生的又一次终止。

那是肖邦放在钢琴键盘上的十个指头，让人惊颤与发狂。人们总是在赞美这是上天特意造出来的一双手与十个指头，人们却往往忽略了这双手不为人知的，它所经历过的让魔鬼看了都心疼的训练。肖邦死后，波兰政府根据他的左手手部翻模制作了手模，这个手模至今依然作为至高的荣誉成为波兰这个国家近乎神迹的圣物。

只有凡·高拥有自己蓝色的向日葵。那是恣意怒放的花朵，又是天上与人间最伟大与魔幻的色彩交换。在花朵与天上的星团之间，只有他知道人的目光与意识可以如何合理地在那一团团色彩上过度与复合。而在这只有神祇可以持有的绘画意识中，凡·高却过着潦倒不堪的生活。他一生创作了八百多幅画作，生前只卖出一幅画，这种俗世的造次对于一个天才的不公，只有上天知道是属于哪一种理由。所有的愤懑是后世贴上去的，作为当事人的凡·高，他只知道他必须要把自己心目中的向日葵画下来。

齐白石一生都在叶片与蝉翼之间描绘着难言的透明与不透明。中国画的墨水一笔下去往往没有第二笔，哪怕是泼墨，一旦愤怒地泼出，心中的神与意便不可复加。白石老人从乡间的一个雕花细木匠，几经出湘进京转身为名满天下的大画家，用掉的均是内心中为绘画事业炽热燃烧的生命之火。那半透明的蝉翼以及跳跃欲出的河虾，与其说是独到的技艺，不如说是上天给予他个人独一无二的慧根。

除此，还有紧盯着鸡蛋，计较着蛋壳上光阴是如何多出或少掉这些秘密的达·芬奇；填完最后一个音符便永不再与群鸟争吵的贝多芬；潦倒一生却写出那首《二泉映月》，让小泽征尔说这首曲子人类应该要跪下来听的阿炳；在钟表里奇怪地画出扭曲的时针与秒针，仿佛时间有另一条逃遁路径的达利，等等。都是在紧凑的一生中，做了只有他一个人可以做的那件事。

这些人间的"王"，他们的出现仿佛只是专门为了来人间灿烂地咳嗽一声便死掉。他们在人间打开了一扇门随后又关上了，各自带着一身的绝学，埋进黄土，与尘埃一起飘散。我们想再看一眼，已杳如黄鹤，成了他们所从事的那个专业领域的一个绝响。

他们在尘世上伸出与收回的手，高不可攀又真实可感。他们的命运也是自己的判官，生命中爆发出咆哮声的，后来又被肉身所制止。一生一等一的才华不得不戛然而止，过后的人世又是地老天荒。又一个出现的人是另一个人，他必须从头开始训练他想要的那些技艺，上天给不给他那是他的命。一个人一生。一个人一次。

而这相隔的当中，时空中又出现零，出现伟大的寂寞，甚至万古长如夜。这种现象对于具体的一个人永不能复制。他必须翻过崭新的一页，从空白处，填上一。

这当中变换着的，无论是来的抑或去的，我们仿佛无法辨清是想飞的人还是看走眼的鸟，但他们都是被外世间的谁派来到这世上做一件大事情的，后来获得的荣誉与王冠，相当于他们来到人世要偿还的罪名。

在我们模拟的年关，也宛若他们的大赦之期，走人或者继续留在世上。

这些，都让我们看到了飘忽的与断断续续的倒影，看到了谁去谁留，并在时光中完全摸不到当中的疼痛具体在哪里。那建立在人世上的丰碑，与被时间逐一画上句号的疼痛。

这是他们的一生，他们必须驯服于谁早就为他们设计好的时空与大限，必须住进这座时空中的牢房，或醉卧花丛或如坐针毡，把牢底坐穿。

后来，那被收进监的，又将一个接一个被放出。走人。也走自己的命。牢房空掉，而下一个将会是谁呢？

2020-04-20

钥匙在这里，门在别处

我深切体会过深醉后的回家经历，其中最常见的是掏出腰间的那串钥匙，每一把都试过，其中唯一的那一把不翼而飞了。手上出现了魔法，并不再认你，当中有谁在作乱：从左到右，每把钥匙都轮着插进门锁，结果没有一把是对的。再接着从右到左，数着人头般一把把接着再来，门，还是开不了。

有两次酒后回家的经历必须是要记住的：因为小区的房子外形盖的都一个样，我喝酒后回来直接走到了对面一栋楼房的别人家门前欲开其门，结果自然是毫无建树。其中一次，这家的女主人刚从自己的家门口出来走到楼梯口的拐弯处，见我噔噔噔来到了她的家门口正要开门，女主人便惊呆在那里，又看着我一连串吃力地要打开房门的动作，赶紧问："你谁？怎么来开我家的门？"我说关你什么事？我家自己的门怎么就不能开！等女主人认出是我后，我自己也吓出了一身汗。还好这家男主人也是我朋友，第二天一大早便打去电话道了歉。

另一次是很多年前单位里的三八妇女节活动，女同胞们深知我常年都纠缠于杯酒之间，会写诗，在她们自己家哪里能找到像我这么既有情怀又知道诗与远方的男人，这也成了她们玩点儿闹剧的好机会。于是订立"攻守同盟"，把我当作了酒桌上可口的"下酒菜"。

这可苦了我，我哪里能经受得起她们轮番的"轰炸"，那天中午真的是"又多了"。但我依然能坚持回到家并能认到自己的家门口。坏的是，大醉中我错把这次中午的用酒时间当作是寻常里的夜里时间，进门时便习惯性地给房门上了保险栓，接着便天地不知地卧床睡去。醉梦里的人是不承担责任的，真是另一番的天高皇帝远。夫人下班无法进门，捶门，大声叫唤，打手机，我统统不省人事。悄无声息中，她也心里开始发了毛，怕出大事，便立即叫来了专门帮人开房锁的师傅，才算了结了这桩云里雾里的事。

酒醉后有几个问题是值得澄清的。一是开房门的钥匙一定是存在于自己腰间的那串钥匙串里，可为什么每一把试过去，门就是打不开。二是醉酒后，回家时都认得路，进了家门，往往便丧失了接下来的任何记忆。甚至在第二天拍打脑袋要澄清自己是怎么回来的，却就是找不着还能回到家的依据。三是经常会开错了房门，以为那就是自己要找的家。或者以为在当时，那个人并不是自己，而是另一个人，他要去别处讨生活般，鬼使神差地就走到了别人的家门口。

我曾经写过一首题为《醉乡往返录》的诗："手持一张返乡车票的人，坐在我边上／一再提醒我，到了月亮要叫醒他／

我说这车到不了那里,他强调票上写的就是月亮 / 这个迷幻的断肠人,说要去打理一份祖上的家业 / 另有三万匹野马要带回。"我不告诉你诗中的人和事是不是真的,但诗中的人和事确实是可信并可靠的。这里头牵涉到了一个人似有似无的情怀问题,它藏在心灵深处深眠不醒,触碰不得,一旦被叫醒,便会像火苗一样突然爆燃起来。哪怕这场火冒出来后也会在惶惑之间仍然感到它是假的。

但它是真的。更多醉酒的人其实更多的是醉于心醉。我见过太多带着心事来喝酒的人,一般都先于其他人醉倒。因为促使他倒下的不是他的酒量而是带进来的心情。

许多人长期积压于心头的事也经常会借着酒的势头爆发出来,所谓酒后胡言乱语的人,其精神状态已经没了阻隔而通透,在这个在场者的意识里,他已经觉得自己能点石成金。

因为他是带着某种特殊的心情来喝酒的,他刚进来或许一直沉默不语,可当话语一旦放开,便常常霸占着酒桌上的话语权。在我们东方人的酒场,也不知就此练就出或培养出多少天才的演说家。

说要去月亮上的人所说的月亮是哪一个呢?我们无从获知。但我们知道他的潜意识里一定有一个远方,一定什么被什么设置在那里。平时是多么渺茫,但在醉酒后感到所有的路都突然被打通了,感到了那颗月亮就是这辆车下几站就能停靠的某地方。

赴约感与到达感在这一刻是无比强烈的:"现在我睡去,

到时你把我一叫醒，我就到月亮了。"多么美好的一种自我设置，时空在这时不再是多维的或由某某谁严密看管的，而是一个人醉酒状态中的心领神会，一种随心所欲的指认。

他的逻辑与叙述已经统括了事物关系相互交错的关联域，起承转合显得来去自由，其气息甚至是腾挪跌宕的，可以心醉神迷地顾左右而言他，像一个人在色授魂与中颠三倒四的呼叫反成了情真意切的表达。这像我小时老家邻居另一个男人的故事，他追一个女的老是不得手，那天大醉后便一头栽倒在猪窝里，抱住一头母猪并喃喃自语地说："我终于睡到你啦！"

这暴露出了一个问题，我们能不能与我们的身体达成清晰的意识：我们现在在哪里与将去哪里的问题。

一直以来我们的问题是：钥匙在这里，门在别处。这问题不单是我们生下来就有的错觉，其实牵涉到与什么存在着没完没了的来回扯。

我们总是魂不守舍，莫名地生就惶惶不可终日的一副眼神，眼巴巴地看着身体内与身体外每天都有一些地址在交错地走动。当我们走向它原本的那一头，结果又发现，要了结的问题其实又去到了另一头。

我们哭泣与哀求也无法打动谁，这座房子一转身就变成了另外一座房子，这扇门本来就安装在这里的，当我们掏出那把唯一的钥匙，发现能够打开它的已经不是这扇门。它已在我们的视线以外，也许，已经有另一个人的另一把钥匙正在打开它。

我们的身体也是一把钥匙，那盼望能进入的地方就叫灵魂,那是它的家。不知从何时起身体已进不了自己的家门。更进一步观察,是本来可以出入于这扇门的这把钥匙或这个身体已经生出了新的阻塞。

遍地的问题是这也不是我的家那也不是我的家。自己曾经有过的约定,从容,淡定,在这里已统统无效。过去总以为在自己的心里留着一块地盘作为自己的老本,也有一扇门,门前经久未曾打扫的幽径虽已有点儿荒芜,那里依然有自己身体留下的一点一滴的气味,但其实一切并非自己想象的那样。你要想好了,你手里拥有一把钥匙,你还是举目无亲的,你得到的结果,可能是个闭门羹。

我找我的门,是混淆的门,门缝里时光模糊,并且乱石爱长草,野蒿乱开花,平时只有尘粒般的虫豸能够出入,但愿在此出入的我,没有被谁无端地阻拦。有坊间的说书人,老是对我们心仪的那扇门,在细节上爱给予搬弄是非。说天下的人,与天下的门,就是早就被约定好的牛头与马嘴。

那日,我心细的妻子,听出了我咽喉间正发出啾啾的鸟鸣声,说:"这也好,今晚你索性就脱胎换骨,待明早一醒来再快快重新做人。免得总是走错了门,免得身上每天都显得肉与骨头在对骂的样子。"

对于我,她一直能一语蔽天下,一言就击中要害。

2020-07-07

喧　动

十月十三日，国家没有大事，而我独自有一件小事。海边半岛的一座石屋前，世界无声无息地全面性睡去，山坡上遍地的草丛散发着远处海洋的味道，那是一张没法度量的蓝皮肤，与我形成了一个点与一个平面的关系。神不会在这时特意指出谁是有声的，谁又是无声的。对，他不会这么多嘴。

我独自的小事是眼前这三桶月光。三桶都是火焰，温热的小舌头在伸缩与转动，仿佛是空气里唯一在显示是活着的东西。我用手指点了点这些桶里的月光，往东数是三桶，往西数还是三桶。我很是纳闷儿，为什么是三桶而不是四桶或者两桶呢？

这很有趣，如果对它们提走一桶便还剩下两桶；如果是被谁挑走了一担，剩下的便是单只装着月光同时还在荡漾的木桶。这种只有在独处时才会冒出来的念头，多么无聊而又显得充满生机。人的心正是无端地生出这些莫名其妙的小念头，才充填并打发了自己枯寂中长长的一生。

这样想了想，便有了对自己的这种小欢乐拿它左右不是的缠绕。

因独自一个人，自己拿自己没有办法，现在我只好看着它们在那里低声喧嚷着，看着它们吐着甜蜜而神秘的小舌头，发出似有似无的声响。

离死亡很远地，那刻，我活在自己内心的这些感受里。并不问，被自己联想出来的为什么是装水用的木桶，而不是换成水池或者铁箱一类的东西。它们那么恰好无损地出现在我的大脑里，使眼前这些情景意味深长并且没有别的什么可以替代。

思绪就此散开，同时不可名状的还有，这是在另一个时间还是在同一个场合？或者那是另一面山坡与另一片月光，我成了另一个谁：我正骑在一只猛虎背上，按自己心里的感受在那个无比新鲜的世界里走走停停，继续走进了你们都不得知的如歌如梦的一幕又一幕。

我依稀记得，那刻，鸣虫成了唯一能证实自己还属于人烟里的一员，远处的河流声全已被星宿吸走，而附近的寺院下跪在浓密苍郁的松柏之间，仿佛在等待上天的谁下凡来取走。通往寺庙的石阶每一块也像是被谁注入了法术，有怕人询问的心事，也有一不小心就要剥离出来一块块飞走的想法。

我沉入了时空中的另外一幕，骑着一只老虎在草间行走着，念叨心中的长句或短句，安放在虎背上的双手，显得金光闪闪，显得有用不完的与时空相搏的技艺，显得年代不详，既真实又虚幻。可以一路走一路问自己这是不是就是传说中的再次去人间？或者，这是在别人的国度，此刻的我，要做的是去参加一场盛典，加冕为王。

在许多许多时候，我的独处都是这般神秘而热烈。自己把自己带进幻象斑斓的另一个维度，有玄学相助，也有在冥想的铺垫下，顺水推舟地将身心交代给独自喧哗的时光中的一个场面。

更多的时候，我还会在这独处中与谁一番耳语，同时也与自己耳语。这些谁都听不到的私语，来自炽热的内心，从空寂到听到，再从柔声细语处感受到一个人生命中无法掩盖的雷电。至于当中自己能找到与谁耳语，或者谁也回过头来再引颈来回复的耳语，完全取决于内心的际遇或凭借运气而定。

我曾对一只梅花鹿偷偷说过："要是能与你朝夕相处，一起奔跑，一起吃草，多好。"其实说这些话语时眼前并没有梅花鹿，之所以能依然货真价实地把自己需要与梅花鹿交流的心里话倾倒出来，是因为我空中抓物般伸手一抓，就出现了一只梅花鹿。

有时也把嘴巴贴在一块岩体上，贴近的地方自认为就是岩石长耳朵的地方。我悄悄地对这块石头说："请你答应我，一定要答应我，在你的铁石心肠中，取一寸被人世公认的柔肠送给我。"当我说着这些话时，实际上是在坚硬与柔软、铁石与柔情之间做了一番自我腾挪与相互跳脱的是非自答。

那天，大街上终于出现了我一直在梦中追寻的那张脸，好像这张脸是由春风专程押解到我居住的这座小城来，好像埋在空气中的黄金终于得到了公开。我颤抖的双唇结结巴巴念叨着一堆话："你不可能知道，不可能知道，我不敢靠近你，但是现在又确定正在对你发出这样的耳语。你不可能知道，不可能知道，为了遇见你，我多年来拼命地长得丑，并成了一个禁欲主义者；并经常拿这句话去触犯周围的空气，洁身自好地活到了今天。"

当我念念叨叨地说下这些话，便觉得自己不仅是这片土地上深情的耳语者，同时还是被耳语悄悄带大并不断依靠耳语点燃自己的人。

在独自的时光中，有的东西是需要进一步确认下来的。比如在一棵青竹上，有自己曾经在那上头与春光一起交握过而留下的掌纹。一方沾满红泥的私章，你投向它的深情的目光，以及它用头颅磕出一摊血的声响时，当中意味着什么。

做过与想过这一切，又重新陷入了深深的孤独中，仿佛前头的一切都犹如梦幻，只有处在独自的荒凉里才是真实的。这孤独，可以让一个人如此反复无常，如此乐此不疲地在自己的一块小地盘上，体会着什么是可以自我陶醉的，什么又是可以做了又做却又是无功而返的。

关于面壁，就是内心中最深处的独处。而一个人一生中有意无意间都得经历的面壁，不是达摩面对的那块岩石，而是我们头顶的天空。在苍穹之下，我们都有过自我保持沉默或者内心因清澄而生出敬畏的时刻。时常在天空下苦苦冥想，感想它的忽高忽低忽明忽暗，感想它空空如也地遮盖在我们头顶，让无数的人在它底下暗暗叫苦，在茫然无措中不知接下来该如何转动眼神，任由自己的青丝转眼间变成满头白发。

在苍穹之下，我们听见地面的江河枯了再流，作为人子的心事也总是一输再输。或者，我们看了看顶上这面天空，便知道自己就是来人世准备心甘情愿要输掉的人。它永远覆盖在我们的头顶，真正让无数的仰望者看到自己容颜变老生命不断输掉的结局，看到什么叫铁石心肠；同时，那又是什么让人在妙不可言的仰望中总是心有不甘地要重来；让打铁的人，最后从火炉里取出了一块冷铁。

然而，这依然是一件妙不可言的事，当你独处，为了消解你的心情，或者像杞人忧天里的那个男人，抬头看了看天上的白云，向老天悄悄问了问自己的一件心事，当你做着这件慎重的事情时，你可能没有想到，在这之前弥漫的时空里，在唐朝、元朝，或更近的民国，其实早就有人与你做着同样的事。

有所不同的是，天空下的位置是江南或江北，人物也换成了你或别人，穿着风格完全不同的服饰，口里念叨着相似的汉语，你们的心事各自不同，但对应的都是头顶那个要紧的谁。他答应你也好，不答应你也罢，你不向他说出你心底的事，你得到的会是长久的不安。那刻，每个人的脸都朝上，神色凝重而虔诚，声音小如鸣虫，对苍天说了又说心头的一些话。这些话既显得有些苍凉，却也是那般强烈与喧哗。

许多人已经不在了，天空却依然是这面天空。许许多多的人,也依然要在独处中继续领用着这份喧哗的感受。在有形与无形中,所谓的气绝,并不是空间的压抑,而多是这令人不知如何是好的空空荡荡。

2020-06-30

总是衣服跑得比我们的身体更快

一个叫李不三的人那晚又在酒桌上说:"为什么酒总是慢的?它总是跑不过喝酒的人,总是人在远方等着自己要的酒。而等到醉倒,一切又要翻转过来,却是酒远远地站在前头,等着这个已经醉得不行的人。为什么?又是我和你,没办法跟上去。"

印第安人也说人的肉身平时不能跑得太快,如果太快了,就得懂得赶紧停下来,等落在后头的灵魂也跟上来。而相反的是,我们又总是看不住自己的影子,总是在不经意间,它又要跑到我们的前面去。

这个影子到底是什么值得我们再三地思量。它显然比我们的灵魂和肉身都要露骨得多。

酒在那一头说着说不完的醉酒话,说出的话都是酒说出来的,与那个醉酒的人似乎没有丝毫的关系。而这个人今天如果不醉酒,酒又如何会说话?

这当中,总是存在这一个等着那一个的问题。

这同样可以是：到底是衣服跑得快，还是我们的身体跑得更快的问题。

同样可以是：我们正蹲下来提鞋或系鞋带，灵魂或影子正在寻找新的替身，表情上并显得一副很不耐烦的样子。仿佛我们耽误了谁的进程。

身体与衣服之间的关系也是这样。

在我们对身体用衣饰严密而华丽地包装以外，其实衣服一直脱离着我们的身体奔跑在身体之前或者身体之后。衣饰是用来安置及安慰身体的，它时常超越着身体并引导着身体走向身体要去的地方。衣饰中一切脱俗的想法都来源于身体，身体又反过来接受了衣饰的引导要这或要那，要快或要慢。

这是逻辑中的隐与显，牵制与反牵制，跳脱与归位。

衣服与我们的身体调和过吗？我清楚从来没有。有时是华丽的衣服在骂那具丑陋的身体，有时反过来，那具高高在上的身体又是找不到自己所要的服饰。这里，有形式与本质相互扯皮，也有相互商量或不可协调的死结。

我想到写作，写作不就是一直以来的衣服与身体的关系吗？福克纳说，在先锋作家这一头，他会一直感到身后有个魔鬼在追赶着他。也不知道这头魔鬼为什么一直要追赶他，没有一天不令他惶悚。哪一天一旦缺失掉这头魔鬼，他便再也写不出他想写的东西。

果真，我们命苦的问题就在这里。使写作成为永远是首尾不能相顾的事。好的刻骨铭心的文字一直是留在想象中的，也是在这种想象中,出现了福克纳所说的那头身后紧追不舍的魔鬼;那么,在前面一直奔跑的另一个,便是衣服。

写作,就是去要到那件有形与无形的衣服。它是何等的让人心焦,它是某种概念,它还是类似于骗人的虚幻的视觉。

为什么,卡夫卡想要抵达的前头的城堡总是或近或远甚至左右摇晃的?那是我们的视觉永远不能超过那座难违的城堡。这座城堡也是我们所要的衣服,它比我们欲望百出的身体花样更多,有时我们眼看已经把它抓住了,可留在掌心的,其实只是一把空气。

在这一头与那一头的关系中,其实有个到底谁是主体的问题,那当然是拿出自己各种想法的身体。可反过来说,要是没有这件一直不听话的衣服,这具身体的合法性以及不可替代的唯一性,又立即要受到质疑。所以,这种牵扯从外在到内在都有,谁在前谁在后的问题,也在否定之否定的纠结中旋环地结伴而行。

印第安人说走得太快的人常常要停下来等一等还留在后面的灵魂。而同时,走得太快的人,也往往老是要踩痛自己的影子。同样,衣服也有停下来等着落在背后身体的事,而走在前头的身体有时甚至也脱下嫌弃的衣服把它扔在路旁。

一个进步中的人,一个不安于现状的人,一个内心里总是这也不是那也不是的人,总在发生着这种事。随着时间的推移,他留给我们的印象是,他不但是个一生都在追赶的人,他还是个身上"最有衣服"的人。

这便是事物的本性，总是不知疲倦地要长出许多额外的小脚，包括人间的爱，包括石头往时间里跑，包括安分的草民，有一天突然想变成一头狮子；凡此种种，总是不容商量地看得见或看不见地出现在身前或身后，好像不是人间的事情一般。

而我们，往往像一只被主人再三考量之下要不要扔掉的那条瘸腿的小狗，茫然无主，向前或推后都拿不到最后的主意。后来只好成了遗落路边的一粒扣子，面如菜色，独自担当随时被碾压的绝望与无救。

处在另一头的影子，却自当是这个身体合法的正主，正要携手与谁去做一桩快乐的事。

在大街上，我每日都看到许多人在"裸体"奔走。他们穿着各自的衣服，对自己很不满意很不开心，还神经质地往空气里力图抓一件什么，难道那就是传说中的正在奔跑的衣服吗？此刻，对于左右为难的他们，尽管看上去衣冠楚楚，但说到底他们不是正在"裸体"行走的人，又是什么。

2020-04-13

在斜阳西照的傍晚进入一座荒芜的乡下老房子

记忆中有些地名是移动的，包括一座村庄的名字，村庄里的某座房子，房子里住着过去的自己与今天的别人，气味有些混杂，让人感到自己的身体里还住着另一个异乡人。一座老房子往往就是一本糊涂账，经历了涂改、维修、替换、借用或占用，以及我去你留等问题。

所有在这里生活过的居住者都说这是自己的地盘，而实际上只居住着居住者各自虚幻的记忆，那些确切的时间也是漂浮不定。

在乡下，我看到越来越多的被废弃的老房子。那些一贯的以地方传统派生出来的建筑风格，以及内里的构造布局，主次细节，哪怕我闭上眼睛也能如数家珍般说出它们相似的相貌。它们的大门一般都有坐北朝南的朝向，大门打开后要穿过一个天井，天井之上才是客厅，客厅分成了前厅与后厅，后厅后面又是后天井或后花园，接着才有左右边的两厢，东西两侧都留有各自的梯口，上了楼又是另有一番天地，更多的是通向绣阁，或者男丁与媳妇间的内卧，通向男女间的胭脂气或鸳鸯地。各自的布局既实用又各显深浅不一的城府，处处可见这个家的人丁结构及不言自威的等级划分。

近二三十年来，许多的村落都空了，留下的是越来越少掉的老人，只有过年的时候或者清明时节，通往村里的小径才重新响起以往熟识但已久违的跫音。平时，几乎所有的柴门都是上着锁的，光阴在静寂中一点点烂掉。锁与不锁都在烂，铁锁不烂柴门烂，柴门不烂烂掉的是那些远去又忙于生计已忘记归来的人心。在村前或屋后，突然听到鸟声一叫，空气中尽是一个接一个的心跳。那些曾在村头许过的愿发过的誓，包括没有发迹绝不还乡一类的信誓旦旦，村庄仿佛已经等不起，他们明显都已拖欠了，这拖欠的名字就叫乡愁。它正在日积月累中越积压越多，渐渐也成了要烂在心头的痛。

而在这夕阳西照的傍晚时节，我突然心血来潮地进入了这座已经荒芜的乡下老房子。

与村庄上其他房子不同的是，它并没有用一把铁锁看住大门，或让人望而却步地在门里头用木棍什么的将大门顶住。

它显得对一切已不管不顾地将自己袒露开来，仿佛它的主人已经决意将它遗弃在荒野之中，天上的日月就是照看它的主人，经过的白云或遥远的星辰也是它的过客。房前的老榆树与屋后的柿子树依然枝叶旺盛地等着谁来问候，可青瓦上的烟囱却显出早就没了生息的样子，青砖砌成的大墙也布满了无人看管的青苔，但在这座老房子里，凡是活着的也都是不用人来打理的。我用手拍了一下大门前的一个石鼓，本来它应该有一对，却不知为何，只留下了单边，另一边好像只有空气才知道它的去处。

我一脚就跨了进来，没有经过谁许可，也不再要客套地显示一下自己是个不速之客的身份，无论屋内有人没人也要干咳一下向谁发出一声问安什么的。而正是这种大自在及真正进入了无人之境，我的脑间竟然有了奇妙的恍惚感。在这座完全陌生的古宅里，我感到自己步入的地方俨然就是自己过去生活过的地盘。对，第一口吸进的空气的味道就是早年的，屋檐间不知为何欢跃的麻雀一叫，竟叫出了我的小名。

我还看见了他们，在不同的房间出入，有人在搓绳，也有人在打井，还有的在用厅堂边的石磨磨豆，黄黄的被水泡软的豆子一勺子舀进去，白白的豆浆便流了出来。围住天井的照墙当中依然有个大大的福字，四边角是四只形状相同的蝙蝠图案，整体上是一幅"五蝠临门"的吉祥之图。奇怪的是，这时砖墙里头发出了人的说话声，我听到的是谁对我说："你回来啦！"当再次看去，那面墙什么也没有发生。

本能地我转身想立即退出来，可西厢那头的房里竟有了咻咻的笑声。这一回，天色像舞台那样被人一下子转换，在这座老房子里，我不由自主地进入了与当下完全不同的另一个时间。并且，我还喜欢上了这错觉，整个人有了被置换的感觉。

谁的时空一下子也成了我的时空，我的目光所投递的事物与我以往在另一个地方看到的，有了共时性，它们从两个方向交集到了一起，又以共同的起点走向两个方向，却明显是可以拐回来的远方。

这已不是黄昏而是有风声与雨点的夜半。有闪电照亮了雕花的窗棂及一个妇人的耳环，第二房儿媳妇的心事有点儿窄也有点儿紧，她一直没有生育，仿佛需要一阵猛烈的风或者一道不讲理的闪电走进她的肚子，一头牯牛坚硬的犄角以及旧墙中突然伸出的手，是她经常梦到的幻象。

而另一个房间里的另一个少年，则几乎在每一个夜晚都梦到了自己练习飞翔。从这座山头飞向那座山头，从不敢相信这是真的，到狠心用力掐了自己一把才说信了，这是他从不敢在人前说出来的秘密。那时，他不敢说自己的这副身体今后该怎么用，如果今后与谁睡在一起半夜又突然飞掉，那该如何是好。

这时，另几个星宿坐在厅堂上聊天，他们谈着谈着就将竹影翻到另一面。在这更深人静的时刻，天色对于他们压根儿就显得有用或者无用。他们的身份也令人吃惊，好几代早就不在的人竟然可以聚在一起，对，他们都是有辈分之分的，但在这座院子里，大家竟然得到了共同的时间共同的座位还有共同的话题。并且，没有被谁预约地，各自说来就来，说散就散。

只有附近传来的鸣虫像是经过谁特意养大的，在看不见的石阶下，这些小生命将这座房子里发生的或有意无意听到的，在夜晚又通过自己的声音重新释放了出来。在墙角杂草间的小洞里，一些蚂蚁钻进去，待到出来时，有的已经长出了翅膀。

也说不清，它们额外地长出翅膀来想做点儿什么。而本来身体是黑的进去，出来时却已通身变白，仿佛在这黑白的交换之间，是兑现了光阴在此中间有意做下的手脚。不过也不好说，或许另有原因，是房子里有人特意交代这些蚂蚁要这么做。

如今，一阵风就可以将院子里的这一切吹得空空。空宅的大门过道上还留着一层薄薄的陈年谷壳，上面隐隐约约还有脚印，或许是屋檐前那只石兽，昨晚走动了。但我相信，明晚的月亮又会照亮这个可以让许多在与不在的人都现身的地盘。只有到了夜晚，月光才可以无比真实不计前嫌地到院子里的每一寸地上走一走。那个躲在角落里被照到的人，惊诧地轻轻哼一声，整座院落便立即亮堂起来。尽管，那声音同照射进来的月光一样，依然显得有一丝丝的怯意。亲爱的怯意。

我知道，有许多地方是大车去不了小车也去不了的，只有单个的人可以去。那里无法天下熙熙，也无法天下攘攘，那条生命的幽径甚至连神仙也忘了它的僻静，一谈到就有一扇门被合上，再谈到前头走过的足迹也已被谁擦掉。其他的时光其他的路标在那里好像都是不算数的，那里，新鲜的人世依旧是一桩桩旧事。只有你有一天的突然来到，寂寞才发出一声谁也没有听到的尖叫。接着，又有了低声的喧哗。

仿佛，那扇破落的柴门背后，还躲着一个专门在看守门户的人。那人说："果然是你！你来啦，进来吧！"

2020-06-04

孤　　品

中年之后的记忆里渐渐平添了许多新鬼。随着亲人们、朋友们、大街与小巷颔首致意间被时间积累出来的熟人与路人们，越来越多的谢世而去，越来越多的得到他们住进医院的消息，越来越多的又听到许多人后来许多时间再没有见到面是因为再也不能见到他们的面，我便暗暗地流下了泪水。感到在人间，有一些东西本来是闲置在墙角一边的，但后来，却稀罕地渐渐地浮出了水面，来到了台面的C位，被人承认被人接受地被称为：孤品。

任何活过来或者正在努力铆足劲儿要活过来的，也是正处在惊险中同时也需要化险为夷的。

又是秋天，又感到遍地的散乱。在我们内心深处，也是同样的景象，到处都是飞错巢穴的飞禽，发错邮箱地址的邮件，因高血压拐着弯走着走着就走到别人家门口的老人，以及无法掩卷的被人问故事从哪头才能停下来的一本书。不知该拿它们怎么办，同时又祈愿它们哪怕有一个将错就错的好结局。

我们明明知道许多事物是倒置着身子走进来的，而后来这一件物品却成了这里一根重要的顶梁柱。而另一些本来是相当看好的人事，一不小心就反成为夭折与走失的惊叹。世界总是在无序的增减中不得不又去维护再后来又成为合理的这种增减。

在如此纷乱的去留轮换中，要将自己好生保留下来，是何等不容易的事。

有一种缪陋的感觉是成立的，即每一天都感到自己是件仅剩的瓷器。

或者问自己：许多的人与事都不见了，凭什么就你留着？还可以继续问：崩裂的时刻随时就会到来，你将同样被摔碎，或大地稍稍一抖动你就完了，尖叫一声，而后懂得什么叫一地鸡毛。

相对于在悬崖上练倒立的人，在高楼的顶端测试冷空气的人，梦游中一头钻进电梯里上上下下的人，你感到自己就在他们当中。你想要千方百计地把自己看管好，却又明白永无随叫随到的搭救之手。只好继续活在阵阵的隐隐作痛中，活在一再提防与一不小心就要万劫不复的冲动中。并在潜意识里嚅动着嘴唇，继续念念有词地小声说道："当心哪，请别撞坏了我。"

我们每一天都在与谁挥手作别。而当与人挥手的这只手收回之时，又会暗暗自忖，并渐渐活出了一个道理：能活着就是在天地间最好的结果。再要活下去，就懂得这种结果与自己是有因果关系的。一个人活着，可以按照天地许配给你的能量活下来。可相反的是，我们又常常要依靠遁身匿迹的方法才能获得更为持久的时空。

因为碰撞与崩裂的事，都必须距我们有着足够的距离。没有这种距离，后来的一切都无从说起。

时常地，我们又要左右一张望，像个后脑勺长有反骨的义士，既有有口难辩暗暗叫苦的一面，又要把人生的反面当作正面来加以坚持与维护。像自己随身带在身边的那枚私人印章，看上去自己名字的每一个笔画都是反写的，生来就已被谁反绑着一样。又像命中早就对自己暗暗注定，就是要这样对自己做下正反莫辨的手脚，让世人看到的反面其实就是我堂堂正正的正面。只有每一次自戕般以头击纸验明正身时，你才知道，那是我正写的名字。

在这般或正或反或明或暗的关系中将自己保存下来，是何等的不易。

在写下这当中的"保存"两字时，我已经过了一番仔细的斟酌与定夺，包括"生存""延续""摆脱""挣扎"等词，而最终的筛选还是觉得"保存"两字比较恰当与到位。这个词所具有的温和感，是因为生命容不得额外的挣扎，既有主观上对生命延续性的维护与争取，又有顺应时势，回避用暴力与无法抵抗的什么争夺高低而弄坏了自身的问题。一切都交给了往来中冥冥的机缘及命数，交给允许与不允许。生命如一件瓷器，它只有一次薄薄的命，任何的失手都是一次最后的尖叫。

而当我们被许可及被延续下来，我们便同时也携带着自己筚路蓝缕的品相。天地间我们越长越感到自己就是一件孤品的感觉是一种机缘所致,能拥有比别人相对长的生命是自己的福,而将自己的生命之光继续散发出来,与时光同行共舞,作用于人类,则是我们的天职。

其实,所谓的孤品,更多的存在于某种精神品相中。我们带着自己命中的时间长度,更带着时间留在我们身上的某种特殊的脾气与担当。无疑,我们留有几个时代混合在身上的气息,却代表着一种不易的经历,那是人间惆怅客的味道,饱含着在种种破坏中幸存下来的惊险,既知道什么叫劫数难逃,又知道逃避过便是生命的积淀,便是越活心中越有数。

现在,我们给世间传递着自己特有的眼神,里头有对人世的让与不让,也有深情的诉说与沉默。围观的人这时所对应的仿佛不是一个人而是某件物品,他们说:"看啊,这东西在与我们的距离很远时便闻到了它稀罕的气味!"对,这可能正是他们所说的时间的气味。他们不说这是老人香或者老人味,但当中点到的"时间的味道",却能囊括并且解决了事物能够说出与无法说出的难度。这难言的活出来的味道。

在时间中,我们代表一种坚执的品性,甚至让空气含有愤懑的意味。因为生命的成长与精神的成型,当中经历了太多不确定的致命性的威胁或劫持。

我们被谁留了下来,或者叫被谁放过,都因为最后的"还在",成为一件特殊的东西。谁在附近悄悄地叫唤了一声我们的小名,立即,泪水在我们眼里夺眶而出。

每个人的肉身上总有几处属于好风水。每一件能留存下来的孤品，一定有它偶然或者必然的定数。我们对着空气嗅来嗅去，最后竟嗅出了几缕自己的体香，它就是从自己身上散发出来的，仿佛是来自灵魂的结晶体，又深感它与每天食用的五谷杂粮一脉相承。

我们感恩时光对自己的放过，却又在时光中赢得了某种荣光。它在世上一下子将自己与众多纷扰中排列的人事分开，说自己来自时间深处，来自苦难与损害，也来自对自己永不放弃的坚持。

现在，我相当于与传说中的寓言站在一起，作为时间中的一件，明知再接下去不知还有没有好结果，但仍然为自己的今天感动落泪，认为，这已经是求之不得的好结果。感谢这个无情与严酷的人：时间。

2020-06-02

一寸一寸醒来

你正在经历的欢乐都是旧的，我都用过。不是那么巧，你的欢乐与我曾经的欢乐怎么就那么相像？而是在你正处在的欢乐中，我感到有什么正在我身上一寸一寸地醒过来。

简直像极了遗传学上的某种顽疾，病灶是遗传下来的，得病的方式、年龄、向哪里发展几乎是在复写一遍上一辈人的因果。甚至不用你动手，现成的复印机就在那里。而欢乐不是病，却也遗留有类似的病灶。那是人类心灵培育史及记忆力没有办法撇开的基因，它致使人类的欢乐几乎没有更换过，而只有重复。

在今天大排场的婚宴上，一对新人用这一面或者另一面的喜悦展示给众多前来贺喜的宾客分享，在我看来，与历朝历代洞房里新郎揭开新娘的盖头后，借着昏暗的松油灯把新娘搂在怀里看了又看的心情是一样的。村头的老树小树，所经历的旧雨新雨中，老树肯定要多得多，但春风一吹，开出来的却全都是新花。而荒冢残碑边的一堆白骨上，再也无人去计较死者曾经有没有长有一副流芳于世上的容颜。

那款名叫传奇的电子游戏依然被一代又一代的少年轮番接替地攻打着，人换了一茬又一茬，而使用的规则依然照旧，他们在攻打时猛烈敲击的指法，以及发出的尖叫与叹息竟如出一辙。我无法叫你们停下来，有如不能叫住流水在村前的弯道上能改成另一道湾。有许多欢乐在我看来已经很旧了的，可你们又要满怀冲动地再来一遍。你们一遍又一遍想玩得更极致的这款游戏，其实同我年少时站在河边用瓦片想把水漂打得更远的心情一模一样。

有时，我多么想提醒你们，能不能来点儿新鲜的招数，比如接吻，千年不变地依然要从嘴唇开始。这不对，这对正在享受的快乐太缺乏创意与破坏性。因为，你们不知道欢乐应该长出什么新的模样。

这如同你们永远不知道一棵树的腋窝长在哪里的想象力；或者，你们也不敢将手伸进大理石里去掏一对丰美的乳房；或者，你们总是看见，一个和尚为什么总是绕着一座寺院跑，而不是一座寺院会跟在一个和尚屁股后到处跑。

这些都不能追究到你们头上，你们所拥有并正在进行时的，都是祖传的。

又是事物一旦到了需要终结的时候，才知道底色原来都是一样的。你想另起炉灶，结果又是牛头不对马嘴。

冥冥中大千世界的事物与我们相互善待着，流水从唐代起就这样走，到今天还是那样走；月亮又要升起来，依然有个少年在薄薄的月色中吹笛。我站在这岁末的深处等你们，你们明后年就会到来。

一切正在一寸一寸地醒来。

在那越睡越深的时光中，我们渐渐遗忘的，正通过下一代的人又被恢复过来。

在下一代人矫健的身姿上，我看到的正是自己昔日的身影。夜幕宽大，树荫下的草根处照常有虫子在幽鸣，虫是新虫，可虫子的影子及声音依然与昨天听到看到的无异。

我再也不能青春如虎狼，却能用"日光之下并无新事"这句话来镇住所有对我的质疑。这条老命也如同手指尖上一片片的小指甲，长了必须修剪，再长再剪，由一归零。

作为地球上的一个旧人，你要允许我拥有对什么都似曾相识的那份不新鲜感。要原谅我在你们经常路过的地方留下了我旧时的擦痕；这像你们现时正在对天暴怒与嘲笑，也已经在空气中造成了擦痕一样。

我还给你们留下了一些气味，当中包含说话的口气，看待事物的眼神，大事临头时所对应的手势。这真是没有办法的事，也因为留下了这些，岁月便有了许多不实用的堆积。同时，也请原谅我所持有的，对什么都难以流露出一副吃惊的表情。

一些老话，在今天的你们这一头，又成了新鲜与讨乖的说法。一些话从你们这些新新人类的嘴里说出来，让人感到人群里的语言进步了，其实不然，语言一直没有被谁改造过，有的是增加了些花边或者自以为是的趣味。

这里头，更多的人已经忽略了一只躲在暗处的老狮子。它历经磨难，漂亮的鬃毛下面掩盖的是全身累累的伤痕。

只有它早已识破：所有路过的小兽都属于旧的新人。

它不单是兽中之王，也是时间之王，它已不再纠缠于大路小路，也不计较要与谁握手言和，有的是自己对自己正在等待的落幕。

并在大摇大摆中像是提着自己的头颅要去见谁。

一寸一寸地醒来。一寸一寸的肌肤上，旧梦新梦都有了答案，我已与大地上的万物有了惊人的一致性，感知大河的流水声正在越来越见底地被头顶的星宿吸走；下跪的松林间的寺庙，也正在等着天上的谁来取走自己；这当中，有谁与谁秘密的来回扯，也包括我，显得无处可以安放，需要一起被拿掉。

这就是我正在经历的大真实，每每能听到落日滚滚作响的下坠声。

我置身于当中既感到手脚无处安放的样子，又被什么照耀得通身金光闪闪。

而曾经是多么有趣，老以为自己就是那个正在照镜子的盲人，一直纠缠于某个所敬重的人，是不是一个真实的人？更纠缠于，一个照镜子的盲人，是不是同时也是那面镜子所要的镜子？

现在好了，终于得知那口钟就要在身体中醒来。曾经，睡在身体中或嬉戏在身体中的东西是那么多，有一排排安静的树木，有正在树根处觅食的一群麻雀，它们曾是那样欢快又盲目，先是在树下自由悠转,而后像一片片树叶散开,尽显大地的仁慈与宽厚。现在钟声就要响了,就要说"时辰已到"它们会嚯的一声立即飞起,变成空中缥缈的雪花,不知在飞升,还是坠落。

一寸一寸醒来。终于知道,你我都有相似的一天,并把自己曾经被授予的某句金贵的话,又一遍遍地说与谁听。

这是多美好的喜相聚,同时又是多美好的归去来。萝卜得到了萝卜的白,青菜爱着自己的爱,各自都有相适应的安顿。个个仿佛已经得到了黄袍加身,又像一个天生的长跑运动员还处在隐隐作痛中,痛恨自己至今依然无法跑出自己的皮肤。

这是突然见识到了答案。有点儿迟。不,永远也不会迟。

2020-05-26

声 声 慢

声声慢不是李清照与我之间的语感问题。也不是我的那个福建老乡柳永在处理"能否换功名浅斟低唱"时的再三定夺。更不是地道蜿蜒深入,不知身在此世抑或彼世,只感到呼吸越来越困难,声音越来越低,难断难续,谁对自己使用了世袭的锁喉术。

是这张嘴再难以接近大地的声母。发出那构成声音的最本能的元素。

不知从几时起,我们再也不能简简单单又大大方方地把话说出来。闪烁不定的文字含义,畏缩不前的一个又一个音节,已变成远处沉闷的闷雷声,总是显得这一阵已赶不上上一阵的样子。

再也不能像过去的某个威严的老人,用手指一指说:"这是石头,那是河流。"于是,石头被砌成了一道石墙,河流按他的旨意在前方不远处立即拐了一个弯。

我们现在更多的是在自己的语言中躲藏起来,自以为是地以为自己拥有隐身法；还要借助许多附加的表情或者手势，才能困难地把那句话说清楚。甚至是扣住了谁的五个指头，一边磨牙一边让人猜出他终于说明白了什么。像个猥琐的告密者，把话说一半，再留下一半。更像某行业的黑话，世界变成了只能放在手心里暗自拿捏的一块小石头。

在街头巷尾，在小众闹酒的场合，我看见的许多不好好说话的人都必须送进口腔医院去矫正，他们的声带、舌头、牙齿等都有问题。

还有许多书籍里的文字，我们需要的陌生化与新鲜感已变成了黏黏糊糊与不知所云的一堆乱码。他们越来越感兴趣于研究小范围的舌头转动法，依靠小剂量的药性来催发话语的秘密发音，致使声音再也无法一是一二是二地展现自己，如洪钟般在世面上大步流星，让发出的声音大大方方地余音绕梁三日。

他们更像是过去深山里眼窝深陷的这个细作对那个细作在传递秘密，用手势打出手头上的货色，声音时断时续含混不清，完全没有把我们身边大江东去如火如荼的生活当作一回事。

不知出于哪一种缘由，我们的语言变复杂了，但也变得混乱不堪，甚至有点儿阴暗与下作。

我们多么怀念那声音里的终结者。在眼下的视野里，山林还在，流泉也在，但作为啸荡者的老虎没了；夜间的一阵狂风依然可以刮得树叶沙沙黄叶飘零，而镇压人心并能灭绝众声喧哗的炸雷早已抽身而去。

有人有意在亮堂堂的日光之下，收起语言中逃避肉眼的小脚，使话语人为地继续变黑，变得只剩下鸣虫般轻声唧唧，像与谁在耳语中打情骂俏；或仅剩下你留给我的言尽语穷的手势，变得不知如何是好。

必须重提对语言自身的自治能力。准备好针，准备好线，也准备好自己的好视力，好好地缝补一番语言身上遍身都是的裂隙。

对，就像他们所说的人类这身破皮囊，要对它打上许多许多补丁，针从这头扎进，那头再出来，用以捂住漏风口，那里正在结冰，或冒火，无法无天地让身体内的春光一再泄漏，无法看住。

要在要紧处重新扶住自己，让自己再次回到语义的源头，向大地学习，"阳春召我以烟景，大块假我以文章"，把话说成一是一二是二。

与天地同步地，现在起，让我们再次校对口型，开始重新发音。甚至也像牛羊那样作为土地的在场者，从来只安心于深情地吃草，并无比放松地只为了感恩，或惊慌地发现地面上正飘来一道鞭影，只发出自己单纯的一两个音节。那音色是那般接近大地的本色，冒出自己从心脏里涌出来的热气与鼻息，好像发出了这一两声简单的音节后，一切的一切都平顺或归顺了。

从来也没有人插进来要与牛羊争夺话语权，但牛羊一旦发出声音，大地比我们更早地明白，它们在说什么。牛羊如果懂得说话，一定会说语言就是本能，你想掩盖我的语言就尽管掩盖吧，大地是无穷无尽的，我这里也是。

因为简单，它们的语言显得天然的高贵与源源不断与生生不息。因为从容，更蕴含有一种不露声色的大自在及不依不饶的大脾气。

我们的语言野心可大了，它想一口气就拿下所有的东西。这不但是人类对语言的贪心，更是人类自己在语言面前因无能为力只好流露出心虚的贪婪。

在一个叫左甘的地方，那里还留着我的魏晋，也留着你的唐宋，更是留下了最走心也最有效的说话方式。那里最不讲理的粮食叫月光，女人生出来的孩子，多被取名为蜜蜂、蜻蜓，或者其他的昆虫。人心有道，但树木会疯狂地朝左长也朝右长，就是不会乱长到他们话语的修辞里。一切简简单单，以一当十又说一不二。事物在那里都是井然有序的，因为，首先他们依靠自己的语言是有序的。

什么时候起，我们一再地要求语言在我们的手上多起来。这是粗暴的，也是无效的，语言一旦显得臃肿与累赘，便会自己跑脱出来，你根本无法让语言显得更多而只能做到到位与点到为止。

为了这，我们可以重新学习，并可以脾气越来越服气地只见一棵树，而宁愿不见整座森林。只见一阵子的落日，而宁愿不见一整日的白天。明知沙漏中漏下来的是一个人的毒药，却依然继续做好我的和尚，撞响当天神性又值得警醒的钟。

这是生命的定力，也可以用以对自己语言的自信与看守。我行我素，我说我话，守着自己干净的语言一直守到天黑。

请那个看管语言的神允许我们慢下来。一句又一句一声又一声地慢下来。用每一个干干净净的字，用最慢的心肠，用大地最初教会我们发音的样子，把话说清楚，让我们的声音与空气真正地融为一体。

儿子对母亲说话时会那么晦涩与饶舌吗？

自然，我也不想见到你，但会一读再读你那要命的一行字，在打破砂锅问到底的那天，说起你的好。

2020-05-25

迟 暮 颂

记得有一天,有人终于对我说:"你变老了。"我突然意识到,老原来是突然变出来的,像一个囚徒长久地被自己关押在身体里,这一天,你不记得是在什么心境下,一阵错愕之间,心一软,就把它给释放了出来。

人类的向老而生就像是飞蛾扑火。在每个人的直觉中,眼里并不在意时空中已经发生过的轰轰烈烈的历朝历代,而只是用自己一生所积攒的光阴,铆足劲儿扑向那引以烧身的火。带着一辈子的智慧、财富、耕世的经验,不可多得的胆识,说我来了,我已闻到什么是烧焦的气味,还有那噼啪声在触火的瞬间所发出的绝响。

好像没有交出一生的欢乐或没有交出一生的苦难,就不足以接近这即将被烧焦的味道。好像不践行这引火烧身的一刻,就不算闻到真正的好味道。

在那瞬间,预知力让人早就料到,结局将是很难看的,声色全毁,面目全非,谢世只是一缕味道有点儿烤焦香并有点儿刺鼻的气味。

这真是没有商量余地的收拾人的方式，炫得毫无道理可言。站在远处的人，一直带着训诫的声音，要渐老渐衰的人别忙于去找这团自愿投身的火，而事实是，另一个更严厉的声音在说："下一个是谁？快快前来验明正身。"

天地是用来回旋的，生死与明灭，就是最好的回旋。所以我感到，老去便是相当于黄袍加身，唯有看破了还能爱护它与认从它，才是真正的淡定。最后并得知：安逸的老死就是大道如约，就是大结局，其余的均为小道消息。

活在自己的时代里，江山已经适合我来端详它精神上的长相，我伴随着它的一草一木一起经历过共同的日月光华，清楚它的唇边的性格，眉宇间的苦乐，步履里的心气。反过来，岁月也养出了我站在这座江山里的气度，并清楚我爱过的人，流过的泪，是时光中铁心的热衷者，深深地爱恋着生养自己的这块土地。

在世上，我本想只做个普通人，后来却有点儿厉害，练倒立，哼小调，有时也会多瞧几眼女人的腰肢，用于探究什么是多的什么又是少的。我也计较过玄学中的有与无，问过什么是穿墙术，对一些手艺一练再练，在大地上玉树临风，那飘飘欲飞的样子，真是天地间的沙鸥。

可现在，我就要变老了。

终于可以对谁说："你我已经两不相欠。"也意识到，生命的炉火里燃过的木头已全变成了炭，这情景，简直是一生的心念终于接近于仁,一块石头终于可以在手上捏成各种形状与颜色的泥巴。

我站在一条河流接近入海的尾端,见到了四面八方涌来的水,一道神谕一路被我带在身上,现在终于可以打开,只见上面写着这样三个字:"相见好!"

多么好的甜言蜜语又俨如当头棒喝的偈咒,让人猛然醒来,原来是"时间到了"!

天地之间,一个人在漫漫人生路中避开万般惊险,终于可以与自己最后的时光相遇,可以相互致意,问好,在臻至完善中聊以收场,这真是再好不过的结局。

这时,我还听见有个声音从一扇窄门里传来:"跪下吧!"是的,回过头来,你得感谢你一生经历过的一切。而现在,你遭受的雷声,已再不会拦腰抱住你;一再对你设下陷阱的人,觉得游戏没得玩了,他比谁都沮丧;那些粗茶淡饭也暗暗长有眼睛,它们并没有亏待你,让你在一餐餐的果腹之下走到今天。

你终于抬起头来,看到星空中依然摆着一盘棋局,依然是残局,又像是一篇不能定夺的草稿,当中涂改过的字迹明显可以看出你的犹豫。你在抬头间也看到了群峰与苍茫,感到时光的好与时光的无情。你含泪带着感恩,得知这便是人生。

你回头细数了一下曾经的什么,包括年轻时光芒四射的荣光与对庄严的事物的冒犯。现在当这一切在一种透彻的回顾中被自己一一排列出来时,连那时的桀骜不驯也成了某个可笑的记号而显得那般可爱。

那时自己才华横溢，感觉仅有一个时代来侍奉自己还是不够用的。总是以自己的风骨、偏激与自负而不可一世，一不小心就要亮出逼人的机锋，以为所谓的时代就是一匹任尔驰骋的马，无论是什么地方，只要自己一鞭的工夫就可以到达。

而现在，时光暗淡了下来，你终于发现，万物并非说好的那样，而结局竟然出人意料的潦草。

在当初，青葱的盟誓初约，可以志博云天，可以让梦想的华构随心所欲地铺排开来，一切精密的构想都在顺时针中按时推进，一切志在必得与众力助推。而万物真的没有按照说好的那样延续下来，在人生的下半场，局面便逐渐变得有点儿潦草不堪，有点儿首尾难以呼应。

许多东西已提前可以预先见到相应的结局。发现所有归去来的身影都在这条古道上，相送的人与出走的人其实从没分清过亭内与亭外，也无所谓长亭与短亭，只有送谁天之涯，留谁地之角的问题。并看到，青山的深处，还有山外山。

发现了这一切后，我们开始欣然地把它接受下来。开始对自己说，我再也不用怕你。对于再一次的夕阳西照，无非是在一道墨水上，再加上一道墨水。同时也料知在自己喜爱的大街小巷，一张张相识与相近的脸也正在约好的那样在一天天老去，变成雨夜里常常要念叨到的越走越远的流水声。

我已越活心里越有数，当新的一代人与我们相向走来时，当他们体面地对我们把路让开，那其实是滚热的体温正在避让逐渐冷下来的体温，让我们感到，这既是黄袍加身，又像是温暖的鄙视，交织在当中的心情有点儿复杂，但盘桓在当中的好与坏你必须一一都领受下来。

你必须正视这一现实，正视自己正在汹涌的人世上老了下来，想到这，你就会同时想到，这可是不可违抗的天地间最高的秩序。黄昏显得那么贵重，你走上街头，无意间拉了谁一把或推了谁一把。你蠕动着喉结对街边卖豆腐的、售小米的、开布店的说："天色已晚，都收摊了吧！"

是的，在此之前本来都已约好的，你我都要慢下来活着，要精，要细，要善待自己一辈子积攒下来的技艺，不负韶华，可一下子说老就老了下来。

生命真是盲目与不讲理，并不容商量，本想让热水瓶里的热水多保持一段时间，可你一走开，"嘭"的一声，瓶盖上的塞子却自己跳了出来。你根本不知道发生这一切的依据是什么，你只好服从这种说不清道不明的"使坏"，受用这被谁"使过坏"的一切。

你心有不甘地再看了几眼头顶的星粒，再看了几眼万物排列的位置，一切无非是或南或北，左与右。天边依然有西沉的夕阳，市井上的街道依然有点儿尘土飞扬。依然看见那个提灯走路的瞎子，装着他内心里的空荡荡，怀着秘不宣人的黑，点着手里的这盏灯，摆出一副要一头走到黑的样子。其实，他一开始所面临的就是黑的。这令人悲愤的黑。

2020-05-18

最后，我们都要活到一起

我肯定无法像你们那么快，一握手就变成了亲人，或一握手就可以上床。我也无法拥有那么多名字，变来变去，天上人间都有，在网络或微信里永远分不清你是谁，有的甚至是亲爱的坏人。

那时父母为我们所取的名字多半是一些鸟名，动物的名，甚至天上的云呀霞呀，以及要飘落下来的雨与雪什么的。比如杜鹃，就我所知道的名上有这名字的就不下十人。同时还有人名上了它的别名中的布谷、子规、杜宇、子鹃等，很是抢手，又很是就便。

你名上你的名字，你就万万不可造次地糟蹋了这个名。

父母给我们起这样的名字，从一开始就希望我们今后要做什么样的人。

那时我们一叫出这样的名字，就感到它们都是与自己近亲的人。仿佛这个人不这样命名，就无法验明正身，无法说清自己的身世。

仿佛早就知道我们与它们的好，它们一叫起来便可以也是杜鹃啼血，便也可以叫断肠。可以慢慢回味，血找到自己的血亲那般值得回味。

而现在，无数陌生而多变的名字，乍一看或乍一叫就像是冲着谁来或与谁反目为仇的敌人。

有许许多多新的东西，在我们看来，已显得很意外，在我们向它们伸出手时，已经越来越够不着。同时，更有可能是我们所怀揣的这副旧心肠，在时下已经越来越不够用。

没办法，我们是在慢之中活过来的。

那时我们想念一个人，靠的是一个字又一个字写下来的纸上通信。无论路有多远，你住的地方何等偏僻，哪怕连飞鸟也不去的独处，邮递员也一定可以把这封信送到你手里。

用手摇的电话机，三长两短，意思是我这电话要接通长山镇的秋竹岗，旁人也意会地为你让一让路，让你在线上把话讲完。陡然间，家里也有亲人病灾或亡故，有多少人就这么依靠这手摇的电话一直摇到省外，让接到电话的人一路哭着赶回来奔丧。

那时，一块布就可以遮住一家人的颜面。衣服可以穿旧但不可以穿破。一件衣服会在兄弟之间轮流穿着，补丁上的每一针，都是母亲要紧与揪心的叮咛。

最笨的那个人也是最忠诚的，毫无音讯中坚信另一个人仍会在原地上等着自己。不作违约的事，是一个人自觉的节操，只要手里的信物在，就一定能等到自己要等的人。

那时我们喜欢读的诗句有"长安陌上无穷树，唯有垂杨绾别离"，哀愁与忧怀成了生命里一种被自己看管的美。因为它是美的，便告诉自己：不哭。

谁在山头上的一方坟茔边为死去的人哭泣，等于这个人还活着。风雨如磐，海边那块石头人称望夫石，会突然地在细雨中抽搐两三下，让人看到什么叫心甘情愿或者铁石心肠。

正是这般模样的旧心肠，我们捧着它养活自己，它教我们如何说话，做事，在滚滚红尘中避让什么与绝不放过什么。

这心肠也成了尺度，度量过的一切后来也得到了头顶神明的认可。这一头与那一头的事物们都各自按照自己的心跳呼吸，我也在养我的一方水土上继续成全自己的小命，继续成全自己所伺候的一切。

如此说下来的同时，自己持有的态度也成立了，我对人说，我是旧的，但我也是你们可用的尺度。

请允许我继续看护好自己的这份旧心肠，并按照自己的习惯去衡量与判断事物的价值。

当我自我矮化地躲开人世汹涌的洪流，带着从旧时代带过来的那份"胆小"，或受时代逼仄已露出小尾巴的"不堪"，请允许我抱紧自己所要的那份好。

说到这，眼前便有许多故人无端地浮现出来，无端的血亲，无端的旧人，让一个人的记忆史中挤满了老鬼与新鬼。一想到那些那么好的人都不在了，我便越来越不屑于在眼下去细读一些网络上恶毒的话题，也不点开早已知道的什么人会用什么套路去泼脏及攻击什么事，不顾及这些是为了不让它弄坏我一天中清明的心境。

我更不愿意点开网络中血腥的画面，我已无法接受那些画面带给我的冲击力，让我无端地血压上升及心脏狂跳，并会在那些画面中立即联想到过去另一个时空中的另一些人与事，仿佛那些死去的旧人现在又一一被谁叫回来。

母亲节那天，我的一个朋友在自己的公众号发了一条微信，标题上直接点明的是"文革"期间一个母亲因儿子的告发被拉向枪决的刑场，我在这个微信的下方留言对朋友说，自己没法看这条微信，不忍心也不敢于点开来阅读。

我觉得这样的消息只要看一眼标题就足够了，如果再深读下去，就会让自己的心灵经历一场颠覆性的天人之战。就会再一次破坏早已被自己确立在那里的人兽之分的含义。难道自己还要再混入一场龌龊的兽性颠倒中，而后再把自己作为一个人清白地带出来？显然，这在精神中要付出的代价太大。

这种精神上的"退却"让我承认自己不但有越活越怕什么的嫌疑，同时也有劫后余生对人世纷争而有的某种认知与接纳方式。

我宁愿自己是少掉的那一边。比如世界已一边倒地站在那一边，那边的人数那么多，并且还有不断出现的新人加入他们的队伍。我越来越势单力薄，作为风景的另一边，在大多数人眼里显得很突兀与奇怪，而人们必须让人知道，我站在那里最终是有理由的。

你永远不懂，一群蚂蚁经过一个树洞出来后，为什么有的蚂蚁身子变白，绝大多数的蚂蚁身上还长出了翅膀。难道，少数变不出翅膀的蚂蚁会认为，自己的身子是不够用的？

有些变故我们必须顺从它。一些正要面临的变故，我们无法顺从它也并非我们的错。

我已归顺了我的生活，生活也归顺了我。尽管它显得有那么点儿泥沙俱下，然而在生活的大河面前，争辩已无异于能澄清什么。

我已经安稳地老了下来。我就是这一个，与你有些不同，但也在等着你将要老下来的那一天。那时，你我之间好像已有什么被扯平，这时你猛然惊觉，自己竟然也拥有了一副与我相似的旧心肠。昨天及今天并不是你我之间的时间差，而是用不同的时间活出相同的东西。

所有快与慢的，实用与不那么实用的，都在这种意味中。

这也是时间之总和对我们所给出的见谅于人世的心肠。它有点儿旧，细嗅之下有那一代人活出来的气味，平和中略带怯意，但自足，感到够了。

我们最终都要活到一起，相对于新生的谁，我们也成为他们眼里的旧心肠。并且，我们还都有一个意义相近读音也相近的小名。

多么好，大地上所有的青草都在随风起伏舞蹈，它们都要好，青青葱葱，尽量勉励自己一定要活到秋后。真正地服从天命，心安理得地侍候好自己的这条命。

并提醒我们，要提防那个对自己的命还在大喊大叫的人。

2020-05-15

暗　物　质

　　林木多妩媚，众水必嘈杂。我们在人群中数数，无论倒着数还是顺着数，都有种数出鱼龙混杂、泥沙俱下的感觉。

　　又要写到我一直在唠唠叨叨的单边。什么叫单边？就是一群狗都去溜达了，偏偏留下了不合群的那一只。有点儿郁郁寡欢，喜欢独自抬头看云，站在路边守望什么，或者嗅着花丛里的什么味道，鼻息在草叶与泥土之间喷出身体里的气流。它东张西望，心里想着昨天那只叫"西门氏"的小花狗怎么还没来？它站在那里，东风吹过来没理它，西风吹过来还是没理它，像是说：我都不是你们要说上话的谁。

　　往大处写，单边还类似于称作"孤"，过去的皇帝都爱这么称呼自己。意下说的是自己是孤家寡人，其实是标榜自己是唯一的龙种与唯一的人。

　　他才是单边，对面都是仰着头看他的人。他受天意的安排而遗落在人间，内心里接收到的都是上天来的神秘指令，反掌之间，风声过而万物不知。你是谁？你敢忤逆天意吗？

在更多的庸常的日子里，我们会去想，谁才是极力想从人群里脱离出来的人。

这刻，有一个人正在爬上塔尖，为的是让地面的人都看到他摆脱大地的行为；而后，他跳了下来，真的彻底摆脱了低级趣味，以及我们。

也有人在深山里修建了一座宏伟的庙宇，只住着他一个人在修行。这种行为也有辩证中的隐与显的关系，一个人独在深山，谁都看不见，但也等于任何的人都已看见了他。

那个偷偷地爬上塔顶的人，如果不是跳下而是又独自偷偷地走下来，这过程，说明他也有着蚂蚁的心肠，也有着蚂蚁心目中的高处不胜寒与蚂蚁心目中一件如愿的一览众山小。

而若是我，我会既不要深山，也不要庙宇，我感到自己的身体就是一座寺院，住在里头的人依然很忙，但只有我一个人。细想之下，对于我这座寺庙的确非常合理地存在着。

其实，所谓的单边更多的是存在于某种脾气中。我要这样，而不是那样。或者我在独处，冷暖自知。

"我有迷魂招不得，雄鸡一声天下白"，在自设的心境里，天边到底能或不能被这只雄鸡"一声"就唱"白"？这要看我们对这只雄鸡的认知，假如我们与鸡之间的精神境地是一致的，世界在那一头被我用手一划便划出了人与鸡之间所要呈现的亮色。东方，果然在逐渐出现的鱼肚白中，亮了。

人人都因自己的行为，而被人看到他身上有一条通向世界的秘密通道。幽林中，我们时常能听到单鸟在鸣叫，声音颤颤的，让人一听便会去想，这只鸟是不是也有着为人所不知道的颤颤的身世。这身世，成全了它成为整座树林的单边。

在一暗一明一开一合或亦隐亦显的关系中，他们总是处在那一头，他们与我们的关系是"我与们"以及"我或们"的关系。他们要我们支持这种关系以及这种叫法，像棉上加花，铁上加锈。不知是一种什么关系，或者不知这种叫法的合理性。

他们说一条狼，再加上三条狼，便是一群狼。自此便有了分工，围猎时分头包抄，分成你负责西路，我负责东路，这都没有问题。可一旦到了分食时则要按等级划分来先后享用食物，要我吃过了再轮到你来吃，立即分出了你是你我是我或我与们的界限。

再严酷一些，不单是狼群，而是"我与们"，对事物的认定从群议到一致中，如果再加上一台测谎器，问题便会显得有点儿难堪。遵从着这种难堪，我们之所以还能一路走下来，那是我们服从至高的什么而折中支持了这种关系。

许多时候，我们表面上维护着集体的局面，而又在内心深处抱紧自己，暗暗坚持着自己的偏见。有时还暗暗地认定，这是伟大的偏见。

在光阴的深处，我们向隅而坐，心中总是默默认为在另一旁热闹的集体是形同虚设的集体。

他们吃饱等于什么都没有吃到，他们的欢乐，是一场瞎热闹。因为你心抱这种偏见，感到许多业已成立的大事，正在庆贺的场面，漂亮的贺词，还有铺的很长的红地毯，在自己这一头都是无效的。

那时,你站在一旁倒吸着一口又一口冷气,认为这一切是如此的不地道,相当琐屑,或者理由早已崩坏。而另一个人在一旁也可能同样在悄悄地抨击你:"这个人是个什么鬼?怎么有这种坏脾气。"

你也扪心自问,自己是不是属于那类心藏大恶的人?这样问过自己后便立即被自我否决,不是。但你依然坚持自己的单边,坚持己见,并把这当作相对于"天下"与"私下"的关系。只是在这种私下里,你的眼光有点儿毒,舌头上也有小剂量的毒。

而说到这场上的合作,便感到这合作两个字很是拗口,相当于多年垒成的石头正在被瓦解,感到阿房宫又一次被谁点火烧掉了,金字塔的中心,所安放的经文是一部被人拆换的文字。

有许多事,不能超过三个人,一旦超过三个人,便难以左右摆平。

适合一个人独享的事有:试茶,听雨,候月/或发呆,高卧,摸索身体,枯坐,念,看云,抓腮/怎么做怎么个孤君,握一把天地凉气/适合两个人分享的事有:交杯,对弈,分钱/或用情,变双身为一体,或从中取一勺,卿卿我我/捏住对方一指,莫走,谁知谁去谁留/适合三人的事,叫共享:高谈,阔论,制衡/分高下,俯仰,或拉一个压一个,度量,此消彼长/好个小朝廷,且暗中提鞋,边上放尿。

这是我早些年写的一首题为《散章》的短诗。适合做"我与们"之间关系的注释。

多少年来,你一直维护着自己内心里那条宏伟的气柱,它从未向谁低头,乞求,或可以任意降低它的高度。为此你在生活中是一直只见树木不见森林,只见一阵子的夕阳而不见长长的白天,只见越来越多的丢失了偏旁的汉字而不见四处奔窜的虫豸,只见不断被打破的砂锅而不见最后要被问到底的那面"底"。在自己的命中,继续扮成那只苦命的豹子,在追捕目标中燃烧着自己的肺活量,多次的扑空后,又要再次地去扑空。

在这当中的某个相对可以缓口气的空隙里,你偷偷地喊了一声自己的名字,对着长空,在无穷无尽的空气里,根本就得不到回声。

这让人想到了物质的"物性",我们很自然地要说到"暗物质"这三个字。不发光、不感光,也没有电磁辐射,肉眼看去,根本不在我们的小沧桑或者大惊喜中。我的孤独是黑的,你根本看不见。

在我们十个人都到齐的桌面上,任由我怎么数,数出的人数一直只有九人。没有办法,它不现身,也不跟我们握手,让我们够不着,仿佛,在事物的另一头,有人正活在另一层时空中,相对于我们,他坐在一头我们一直没有看见。我们数不出他是不是我们当中的一员,只好模糊地认定:"今天到场的是九个人,其实是十个人在吃饭。"

2020-05-11

恍惚的豆粒

　　那天,一个醉酒的人就坐在我的邻位上,这是一辆驶往乡村的公交班车。途中他嘴里一直念叨着什么,有三分之二的话是听不清的,而每念出一个字都带出浓浓的酒气。按我辨认,开头好像是说什么事情已经来不及了,过了一阵子,突然非常期待地求着我说,等会儿车子到了月亮,一定要叫醒他。

　　我说这车子到不了那里,这是一辆过年返乡的车。他坚决认为我是在诓他,并掏出车票让我看,说那上面写的就是月亮。我知道,我再不能与他争辩什么,便问他,那你去月亮上干什么?他说是去打理一份祖上的家业,顺便把放养在那里的三万匹野马带回来。

　　这真是一个迷幻的断肠人,我能理解他错乱的语言中那份真挚的心意。

　　我们在有生之年所顾盼的东西实在太多,其实真正能经历的又太少。包括这位醉者,也只有在深醉之下,才能够横逸出如此胡乱的妙想。真正印证了我曾经说过的一句话:身体弄不清的,去问酒;酒弄不清的,再问身体。

仿佛只有迷醉,才能对自己的身体有了一回真正意义上的造反。因为,在平时,我们都无法体会出这份醉出来的"精彩",只有在物我都两不知的精神状态中,我们才会"幽会"到我们苦心地想见到的什么。而平时,这一切都是够不着的。是因为一次倾情的深醉,让自己深沉潜在的精神意识突然获得了一种新意。

我们需要被错认的真实。在恍惚之间,突然地,什么就一下子被打开,世界向我们呈现了梦境中的图景。那里我们是无法到达的,但借助了一次梦幻,我们果然就来过了。在某种虚幻的感觉中,我们反而成了可以我行我素的英雄。

我们如此匆忙,又如此错乱,而匆忙与错乱中光阴就像一把豆粒被放在我们手心上。这真是一把令人恍惚不解的豆粒,它是空的,也是实的。我们一颗接一颗地咬,也一粒接一粒地嚼,却感到自己的口感里一直是虚无缥缈的,与难以落实的。

每个人的手上,时光总共只有这么一把豆粒交到了我们的手上,而我们却又一直在犯错。同时总是有太多的迷糊,被当成自己所要的真实。

这一年中,我曾一路在一条小巷里跟随着一位大妈,以为她就是我去世多年的母亲,以为我的母亲还活在这世上。荆刺埋在掌心的肌肉里,还喜欢用手电筒对着它照来照去。小路边,看人下棋,还与下棋人争吵,骂人家"臭棋佬",多美好的一局棋势,就这么败给了人家。也在网络上下载过惊心动魄的人体,"有用吗?"我这样问自己,但是,眼睛不听话。

最奇怪的一件事是,那天正在区域性停电,偏偏是只有我一个人的电灯泡是亮着的。

许多事我们都做不到也做不好,但我们还有另一条路可以拼接上自己的愿望,这条路就是内心的迷醉与梦幻。

我们一直在做一件事,用竹篮打水,并做得心安理得与煞有其事,使空空如也的空得到了一个人千丝万缕的牵扯。我们所做的这一切,不但使我们一直信以为真,还得心甘情愿地认下:活着就是漏洞百出。

两头都在为难着我们自己,自以为是的有,对应着竹篮中装的满满的空。并要顺从于这种越来越空的手感,在自己面对的生活中坚韧不拔地领到自己的命,服气地做好自己每一天的事。

所以,我以为人生要达到的终极修为是:要用最大的淡定,在看透人生之后,依然能够从容地热爱生活。我们这样说出来的瞬间,便领悟到,什么是偏执,什么是担当。什么是永怀绝望又心有不甘。

于是,幻象就这么出现了,一个人突然有了想到月亮上头去的念头。一个人甚至会这么想,地球给不了我的,在月球那边,可能就会得到。

而当下,我们还要再三地用爹妈给我们的牙齿,去慢慢对付着这一颗颗豆粒。

我们重复着咀嚼的动作,在越来越难以咀嚼中有不容挑选的限数。

在这一连串的隐喻中,只有每一个日子在飞。

我们的牙齿,每一颗都有名有姓,它们分别叫坚毅,患得患失,辗转,酸与甜,吞吞吐吐,逆来顺受和自作自受等。它们的名字就是它们的经历与磨难,并在面对各自的问题时,变得越来越没有脾气。

有时我暗地里想,它们真是一帮有苦说不出的难兄难弟,跟着我们来这个世上,从来是在听从我的指令下,啃各种难啃的人间百般硌牙的东西。既说不清这是谁莫名其妙塞给我们的一把豆粒,又要我们在指定的时间单位里,把它们一一地享用掉。

活着就是一种苦工,光荣而坚毅。

我们正在消磨时间,在地球上,作为一个旧人,从牙痕间迸出一些由自己造成的气味,证实在这个汹涌的人世上,自己已经经用过什么。我们含着泪花咀嚼着这一切,但是,我们的舌头无论如何已无法清晰地说出,当中的一些细密的体会。

然而,光阴对于我们远远是不够用的。每一天,豆粒都在手心里被减除掉。每一天,我们都自以为对神说完了最后一句话,而这句话一直了犹未了。在今天与明天之间,今年与明年之间,我们又自己对自己立下了界碑,像一个心怀穿墙术的人,面临着去与不去,认与不认的选择。

我们每一天都恍惚地感到:在迟疑与内心的寂寞之间,又有一天的光阴被我们虚度。我们能向谁投诉,向月亮吗?

"我有明珠卖不得，闲抛闲弃乱藤中。"有时，我会怀疑地看一眼手上的这些豆粒，会感到它们是多余的，会用它们作为弹弓上的子弹，对附近树丫上的小鸟瞄了又瞄射了又射。

可那天夜里，那颗叫患得患失的牙齿找我谈话："你手上的豆子已经不多，没有一只麻雀被你打下来，你还要浪费自己的粮食？"

但愿那个深醉的邻位，也能把我一起带到月亮上。

2020-05-09

聋子听见哑巴说瞎子看见了真相

这是一句两头堵的话。反过来改成：瞎子看见了真相被哑巴说给了聋子听。同样堵。

可它偏偏就那么有趣地被组合在一起。如果能用手摸上去，一定布满了颗粒感，并且莫名其妙地在手中有一种充血的意味。

一句明明无法把它说通的话，却又是在完全不违背哪怕一点点组句修辞法的前提下，硬是连过三关把走不过去的障碍有点儿惊险地闯了过来。

初次读出来，太拗口，细究之下，竟惊叹它能把对常理的背叛组合得如此的完整与细密。它的抓人眼处是通过句子里连续的逆转得来的。

许多事原来是可以颠倒过来做也可以颠倒过来说的，鸿蒙之中，现成的逻辑再一次败给了非理性，对常理的背叛反而增添了阅读的颠覆性快感。

我们的舌头竟然如此厉害。比如我的方言，就带有地方性的药性，三米之内它很容易把人迷住。它可以针对一个空闲中无聊得发慌的人这样说："你没事做就把炭拿到河水里洗一洗吧。"

也是用不可能做好的事，在把一个荒诞的窟窿填补后，又把一个劝告的道理说通了。

说这些话的，都是我的乡人，说起普通话一般都不能听。作为闽越人，有点儿天生的嘴形长得不好看，牙床里大多养着蚜虫，甚至沾着一些饭渣。可是他们敢说话，对逻辑具有天生的反骨。他们又说："人就是活来犯错的。"面对绝对的上天，可以说这句话也相当于瞎子看见了真相。

一想到我们每天所做的事，也可能相当于在一条河流里洗炭。并且是十指黑黑，越洗越黑。有如此悖论的事，就肯定会十分隐秘地转化成"聋子果然听见了哑巴在说话，瞎子果然看见了活生生的真相"。

这种暗合直接说中了我们手上一直有这种版本与那种版本，在演绎着生活中悖论的轻喜剧。颠倒乾坤地在一条死胡同中把一个事理拯救出来，把一句不可能像话的话说通。仿佛是指鹿为马，却又能一下子点石成金。

有多少时候，我们总是处在被语言封锁的穷途末路处。舌头打结，失语，万般无奈，语言不知如何打开与如何使用。

这时，偏偏来了一个傻子，他像来自另一个世界，金身闪现般滔滔不绝地迸发出了大珠小珠落玉盘般的一连串妙语。一番话语后，时空立即被他随意地翻转过来，显得那般霸道与反逻辑，几句看似语无伦次的话，却让我们惊吓出一身冷汗，石破天惊，马上对什么明白了过来。

人类的语言也一直受困于思维预设的地心引力中。最有力的语言就是突然在悬崖边上拉住一头大象的那句话。

它扰乱了人们说话的秩序，舌尖上突然发生了一场风暴，对事物做了重新指认。一点儿也不讨好谁，一点儿也不说修辞法的尺度与对比，一下子便把谁也绕不过去的事理，说成把万众拥戴的事理。

比如那只蚂蚁正在草叶下睡觉，一只狮子从远处发狂地追着铃鹿一路狂奔而来，蚂蚁急中生智，伸出一只小腿，只听到"砰"的一声，狮子便一头栽倒在了半路上。这个，你信吗？

而如果没有这种对语言的我行我素，没有这种恶作剧中典型的戏仿与伪叙述，我们便不可能看到如此别开生面的细节，同时又因为谁自信的叙述，使我们终于对它信以为真。在这里，世界因了我们悖逆的说法，向人们打开了它极少对人打开的一面。

再回到"聋子听见哑巴说瞎子看见了真相"这句话上来，如果要探究生活的逻辑学，就要将他们分成剧本中的ABC。聋子、哑巴和瞎子三人中便立即出现了相互间的质疑，因为他们三人根本不可能相互沟通。

他们三人既然能在这句话中相互沟通，说明他们并不是三个残疾人，而是上天的卧底。只有上天能让他们三人把已经被逻辑阻绝的事再次做通。可在人间这一头，这句话是处在遮蔽状态的。

这比用清水写出来瞬间又要蒸发掉的一篇含混又诡异的奇文更神奇。也像接通了人间与天堂的电话,打去电话的人与接到电话的人终于有了不约而同的共时性。

而平时,天堂那头总是空号,人间这头却一再是忙音。这是一句语言的胜利。我们的语言一下子被激活,终于可以用来完成冲刺事物浓厚的遮蔽。

万物每天都在秘密表决,决定人间什么可以说,什么又绝对不能说。

而每天,又总是有人使用自己的舌头,把天意久久封存的一些话语偷偷泄露了出来。这些被泄露出来的话语便是语言的解脱,类似于这句话又在重复一遍:"聋子听见哑巴说瞎子看见了真相。"

当它没来由地突然出现,仿佛可以把人一下子噎死,把人堵得气门上下不能呼吸。而事实是,正是它才把人世的一扇窄门真正打开,让一直受阻隔的事理神奇地进入天地间的通道。

一个北方女人来我地盘的山头上种茶,某日凌晨在微信里发了一句话:"凌晨四点的鸡叫,提醒我,鲨鱼还没喂。"

那天,在一片静寂的凌晨四点钟,我在微信里读着这句话,感到有人终于又破坏了我们的语言,让无比端庄受我们顶礼膜拜的汉语,在那刻一下子跳脱地年轻起来,一下子被激活,也一下子得到了翻转。

这句话中有几种成分令人惊奇,一是她生处的地点在深山;二是凌晨四点突然想起,自己还有一只鲨鱼没有给它喂食。惊奇的是,这只鲨鱼到底指的是什么。

一个人心头里的事,有时就像神话故事中群仙里头那个我行我素的神仙爱做不做的事。在这凌晨的四点钟,这个女人突然觉得自己身体中还剩有一些"仙气"可以运转,还有一件古老的与空气相对接的事可以做,于是,对人世有难以打发的一桩事那般,感到自己还有一只鲨鱼忘了要给它喂食。

魔鬼全在细节中,突然出现的这只鲨鱼的意象立即把生活中对待事物的常态与非常态颠覆了。她与我同处的这个时空,立即冒出了一种超然又异质的东西。一种可以无限多也可以无限少的东西。

人性与神性一下子在瞬间有了转换。

一句日常式的话,打开了我们的过去从未抵达的认知。有如神对这个女人做了秘密的授权。

将这句话同样地盘桓到"聋子听见哑巴说瞎子看见了真相"的语境里,感到它们是圆融的。

2020-05-03

摆棋局的人

少年时对两种人既好奇又佩服，一种在街头一种在街边，一动一静。

在街头的这个是画出地盘甩刀枪也甩嘴皮的卖膏药汉子，甩起刀枪像传说中的大侠再现人间，甩起嘴皮死的也会被说成是活的。

对于如何实惠地向民间学习语言，或者身为口语诗人又想能够混过江湖而不露痕迹，这个卖膏药的人，俨然是现成的大师。而一般人只要把这个人在甩卖狗皮膏药时使用的语言学到一半，便足够在人群中混吃混用。

另一个在街边，他便是摆棋局的人。

一看就感到这是个有"仙气"的人。天下的种种迷局他只要随便摆出几样放在街边，就够你低下脑袋翘起屁股琢磨大半天也无法挪开身子。

只要你不与他赌输赢押下钱币做约定，他一般都会以一个世外高人看着你或者任由你盯着棋盘喃喃自语，或者摸一下衣服口袋跃跃欲试又不能笃定，或者与另几个也正盯着棋盘的人看法相左而争论不休。

他一般只置身于一旁而绝不插嘴，有时会看看天色，感到这一天又到了日已偏西。

那是在二十世纪八十年代小城北门外的长途汽车站。车站门口外对面高大的拱门下，经常会出现一个摆棋局的人守在那里。像被神派遣到地面上与人间凡人做另一番对话。

这种行当类似于武者用的擂台，文人用的出对征联。他用的一点儿也不显眼，小小一张纸画的棋盘和几粒棋子而已。

这一行当在那时也能赚到一些钱来养家糊口。一盘棋一般下的注五元到十五元不等，一天赢个两三次，在当时算是赚到大钱了。更何况一般只会赢不会输。

这其实是需要一股英雄气才能揽下这种活的。想想看，在一个人地生疏的地盘上，你一个人要应对南来北往各色复杂的过路者，面对江湖中各种高人高招，如不是生活所迫或自我认定心存足够的底气，谁肯做这种没有围墙的天地约。

然而，敢出来约棋的，都一般是心中有数的。

在这个人流南来北往的车站前，我所见到的摆棋局者身上一般都带有一股飘逸之气。他们神情很安静地在地上随手便摆出几种残局，让应约者看似随便几招便可以轻易取胜，而往往只要一着下错，便陷入颓局而无力回天。

他坐在自带的小木凳上或斜靠在拱门墙上，等着这世上精于此道的人前来破解，等上半天一般都等不到真正有兴趣来对弈的人。久而久之，那想象中的人，竟成了冥冥中值得自己期待的某个知音。

仿佛那人不来，自己守在这里便才是对时光的浪费，便是没了某种知遇。这时，他会神情暗淡地点起一根烟，对着迫近西山的那轮落日，发出时无英雄的慨叹。

错觉中还真把自己当成了胸怀大局而不破的智者。

而一般的情况是，一天中他总能碰上几个挑战者。只不过这些所谓的挑战者大多是棋术不精又喜欢跃跃欲试的肤浅之人而已。

他们前来应战，总是一看棋势便感到出手必胜。而根本不知棋局表面上的看似轻易，实则是诱敌出手与暗藏杀机。在翻手为云覆手为雨的几番过招中，每一招都在自己的盘算中。

热闹时竟也有三五盘棋局同时启动的。这时他便像个坐拥十城者，孤身抵挡数路来敌，轮番厮杀，不慌不忙地按照自己的定力拿下每一个棋局，让所有的群起围攻者输得口服心服。

有时应对应战者，没下几着棋他便会把对方压下的钱先取入囊中，说声"你输了"。之所以他要先入为主，是因为他早已看出这人正是江湖中传说的爱悔棋之徒。

行棋于世上，他通过棋阅人，也通过棋读人，双向打开，通透得很。出此下策，实在是谋生艰难，一切都是为了稻粱谋。也有活生生的市井泼皮，输了棋便掀翻棋盘扬长而去，甚至泄恨地把棋子当成小石头当空抛得遍地都是。

每遇到这事态,只好暗暗认命,坐在地上半天透不出一口气来。

他也有输棋的时候。有时会遇上一个受命于天的真命棋王,小城虽小,所有的车站却是天底下人都要经历归去来的驿所。

这人也可能是误了车的班次或者来车站来早了。恰好见到了地上摆出来的棋局,脸上轻轻一笑,当作打发时间,或感到有现成的人陪着自己玩棋,便站住了。

他不蹲下,只是用嘴说着让这头的人替他落子。没多少时间,那些棋局便被杀得落花流水。面对真主现身,地上的他便赶忙作揖求饶:"实在是家里等着油盐下锅,哪敢与高师过招,认输认输!"

自然,被称作高师的人钱也不取,便扬长而去。周围人声嘈杂,这事好像并没有发生过一样,待那人的身影拐进候车室,一切便又复原了。

那刻他突然觉得心里有点儿落空。其实是好不容易遇到一个人把他打败了,而这个人却完全没当一回事地头也不回地走掉了。他很认真地眯起眼睛吸了一口空气,顿时觉得空气比起前一阵子明显有点儿不一样了。

要懂得认输,那一刻,他想起了这道理。

接着又想,这又有什么不好,说明南来北往的人流中,或隐或现的高人并没有绝迹。说明在眼前,还不是真的时无英雄。

对于地上棋盘中的迷局，许多人都一概束手无策，而他一出现，这盘棋就活了，就能"手到病除"或者"迎刃而解"。虽说自己输了棋，但正是他的出现，让自己心里有了精神上的依靠。

所有的人，其实都可以分成局中人与局外人。

人间的悬念都在一张旧棋盘上，这棋盘经历许多人的手在上面反复抚弄，甚至每天都落满了围观者争论不休的口沫，看上去有点儿脏，再看盘中局面更是如履薄冰，但是，只要那个人一到，便一下子挽住了危局，让局面立即得到了转机。

本来，那时棋盘的四周都张着一张张想惊呼又不敢出声的嘴。他们都很是着急，可就是没有谁敢开步，一旦开步就要生错致使大局不保。

大家对局势都看似有解其实难为，以为这世上已没有真正的高手。而这时，恰是这个能绝地反击一招制胜的人出现，便突然间，上苍不得不松开了它讳莫如深紧紧看守的天机。

难道，自己作为一个摆棋局的人，等待着的不正是输给这样一个人吗？

2020-04-30

全球洗手日

对当下在全球作乱的新冠肺炎疫情，来自医生们苦口婆心的一句劝告是：多洗手。

这让我想起咱们人类还有一个被拥立的日子：世界洗手日。是促进用肥皂洗手公私伙伴组织（PPPHW）发起的，号召全世界各国，每年十月十五日开展用肥皂洗手活动。

世界卫生组织在二〇〇五年倡导，并在该年的十月十三日订立，目的是呼吁全世界通过"洗手"这个简单但重要的动作，加强卫生意识，以防止感染到传染病。这主题后来又被人挖掘与延伸，二〇一七年的全球洗手日，有人干脆把主题定位为："我们的手，我们的未来！"

而我一遍又一遍地在琢磨，这双手，应该要怎么洗才能成为另一双手。

按我个人的理解，洗手更多的只是一个人的习惯问题，深层次中它更属于一个人内心中的摒弃与用以立心的某种带有仪式感的一道程序。

类似于洁癖症者，它看见什么都是脏的。又像我对自己的诗句的治理，单单有才华还是不够的，它还必须在文字的众声喧哗中落实成唯一的一句话。多出来或者还缺少点儿什么的感觉，也适合于那双手是不是已经洗干净的放心与不放心。

世上有一说，叫金盆洗手。比起平时的洗手有了更严重的性质问题。

这四个字一下子使气氛变得有点儿严肃起来，让人想到了什么叫脱胎换骨，永远不会再作冯父，说出一诺千金等类型的词汇。关键是它还具有契约精神，远不是单纯为了洗洗手后就可以伸出去抓什么往嘴巴里塞。一句话，这一洗，就等于从今往后，有了该干什么绝不会再去干什么的训诫与界限。

仿佛手心上从此长出了眼睛，不单是人在做天在看，更有人在做自己手心里的那双眼睛也在看。

是的，我们都有一双手，藏在我们身体上看不见的地方，它是那么善于伸缩及伸缩无度。它只有一个主张，叫拿来主义。我们拿它没有办法，叫不住它，知道它已经变坏了，却依然任由它浪子不回头。

幸好我们还懂得什么叫训诫，幸好我们在心里还留有一手。懂得：手必须是要靠自己看住的，每个人如果太任性地使用这双手，最后这双手将不再是你的。

正是这训诫，让我们意识到要赶紧来解决这双手的问题。比如向天伸手发誓，请谁饶恕了这双脏手，让自己从此有一双新的手留在人世上今后继续做人。

许多时候,我接触到的手,会让我在心里暗暗地尖叫起来。

那人看似干净的手朝我伸过来,可我知道它是脏的,握手后我就会赶紧找机会尽快地把手洗干净。我甚至还会有情不自禁的联想:要是这双手去抚摸一具美丽的身体,被摸的人会是怎样一种感受。而糟糕的是,被摸的人往往是心甘情愿地接受这双手在自己身上摸来摸去。

那么,还是早早地养成勤洗手的习惯吧。通过洗手就能让自己有了提醒,这双手一不小心又脏了。

在精神深处,它更应该还是一种警醒,不要让自己的手再被什么弄脏了。这是一种境界,也可以叫洁身自好。时时地总有一个声音在提醒自己:要当心哪,有那么脏的东西,赶紧走开!另一个声音还在说:请你别再弄脏我,你一旦弄脏我,我也会恶心我自己。

看好自己的手,这句话几乎可以成为每个人对自己的告诫。我们活在越来越容易被弄脏手的环境中,没有人给你现成的手套,也没有谁在某处贴着纸条:这东西脏,不可以触碰。更没有好视力,能识别出清清楚楚的病菌。

孤助无援的我们犹如守城者,到处都是脏东西,我的城池眼看就要崩坏。

也更没有因为我们有了一副好心肠,就能保证我们的手不会弄脏。

在我的乡俗里,人死后被人收殓进棺前,在许多具有浓烈祭奠感的仪式中,一道程序是必须的,那便是替死者洗脸与洗手。

在这时,洗脸便意味着要让死者有脸面地再到别处去做人。在往生中虚实相换,靠的是一张在此世界与彼世界都很端庄可靠的脸。洗手,则是要告诉另个世界的人,这个人的手是清白与干净的。

记得小时候,母亲经常呵斥:"看看你的手和脸,鬼一样!"之后,自然又要被母亲按到脸盆里,那是洗头脸,更是对自己儿子的拯救。把"鬼"洗掉,把自己的脸和手再重新找回来。

到现在,我依然在临睡前,要洗一洗自己的脸和手,为的是,第二天醒来,我还能找到那个自己想要的一张脸和一双手。

而诡异的是,我有时会平白无故地产生一种幻觉,听到有人在一再地说:"求求你,重新再给我另一张脸吧。为什么我洗来洗去,这张脸还是跟鬼一样?"此外,我还听到有人在说:"我已经拿自己的手没办法,有没有换身术,让我换掉这一双手。"

我想,在万般无奈之下,那也只好剁手了。那时,一定是相当于看到了悬在头顶的法条,那是一把利剑,所有的时光已经成了严酷的时光。

那时,我要站在你身旁,看你痛哭流涕别无他法,听你无助地这样咆哮:"我的这双手啊!我再也不能与你做肉身,我要与你一刀两断,你再也不是我的肉身。"

是的,为什么你的手会脏成这个样子,为什么你的手总是老爱碰这碰那?

剁手就不要真的剁下去了,但愿上天能给你一个还能把手洗回来的机会。懂了吗?手再干净,仍然要记得过一会儿还是要去再洗一次手的。懂了吗?洗完手,要慎重地想一想,这双手会再去触碰什么。

2020-04-28

拧紧的水龙头为什么仍在滴水

乱，到处是不知从哪来又不知飞往哪里去的飞禽，发错地址的邮件，拐弯再拐弯后走到别人家门口的老人，蜕皮的蟒蛇与准备醒过来的石头，无法掩卷的人与被问故事从哪一头才能停下来的一本书，最后又要问："拧紧的水龙头，为什么还在滴水？"

仿佛一切的一切，都在等待将错就错的好结局。

而现在，我们依然不能解决的问题是，关好水龙头去上班了，半路上又突发奇想地怀疑家里的水龙头还没有关掉。又立即赶回家，开门一看，水龙头依然一副显得故意要与你为难的样子。你为这倒抽了一口冷气，问自己这是怎么啦。

你别以为你还算是一个有记性的人，还懂得赶回家查看一下。但你还是忽视了，那个拧紧的水龙头还在滴水。

拧紧的水龙头为什么还一直在滴水呢？

无论你在家不在家，你的厨房里、盥洗室、阳台浇花处，那些你已经关好的水龙头其实还在滴着水。这时，我们如果把自己的视点或想象移步出来,你就会发现,这是整个家在漏水。

如果,我们的视点再移开,便发现自己居住的这座楼房也在漏水。继续延展我们的视觉,我们把自己当作站在一个广场上看问题,便会感到这是一座漏水的城市。水正从水塔、地下水管、坝渠、库区,汩汩地冒出来。继而再想:这是个到处都在漏水的地球。

当我这样把这些字敲下来的同时,我的手便下意识地摸了摸自己的身体,不只是一个地方,上下各个部位摸,我第一次十分严肃地这般探究自己,像个精神不正常的人在探究自己的身体是不是也在漏水。

肉身不是瓷器,但同样会出现漏隙,一滴滴悄然落下的是我们无法用肉眼看见的生命之水。我时常会茫然无助地向着空茫中的谁说:"请手下留情啊,请对我不要太使劲儿地敲击。我可是个一直对自己疏于看护的人。"

许许多多更深人静的夜晚,我在书房里看书或者写作,一听见某个角落里的水龙头又传来水滴的滴落声,就感到另一个谁正在一旁还有话说,无穷无尽地在把什么一点一滴地说出来。而且是一个字一个字地说出来,显得慎重,不容插嘴也无法插嘴。

时空在一旁更大更空地运转,而这滴水声却很具体与细碎,说不完什么或者什么也说不完。

有时躺在被窝里的梦境竟然也会续上它汩汩流出来又轻

轻滴落的样子，在一颗接一颗地数豆粒，在时间中分解这一颗与那一颗的关系，形成堆积，以为时间就要被自己一滴又一滴、一颗接一颗地用完，在滴落的这一颗与那一滴之间，拿什么也没有办法。

有时会感到自己正在拉稀，要把肠胃中的谷物一一地清算出来，仿佛一切都在清空或者归零，要达到最后的水落见山石。在这个吃来吃去的时代，许多人患下肛漏症是最正常不过的，这也是个从身体开始要得到交代与清算的时代。

还有一些正在走漏的东西是我们看不见的。比如屋子外头草坪上用于浇花的那个也在漏水，但我平时并不会去留意它，好像因为看不见它的漏水问题就不是问题一样。

还有由此斜逸出来的事象。又比如邻居那个花一般正在练钢琴的少女，现在正在接受她爸爸的责骂，他骂她走心，老是在一个音区的拐弯处无法把自己完美地带出来。在少女她爸眼里，走心也是一种滴漏。

还有那个我一直很看好的某女星，最近发现她身上所需要的布料已越来越少，在某次走台时还故意装成不小心跌倒，让姣好的身材暴露给大众。

凡此种种，我觉得泄漏的问题远比我们想象得严重。它们看不见摸不着，也无法使用自己的手去纠正它们，手经常是没有用的。

可也不是谁都看不见。又比如房子外用于浇花的那个水龙头，我们的耳朵与手都不在场，可天上的星星却在计算每一点滴落的声音,这时的星星是公正的。这是众多的问题,又是一件件可以分离出来的问题。我们看不见的,只好上交给天上的谁。

我可能就是那个众多的人,被林林总总的事物缠身而不得逃脱。同时,又感到这些问题的边界是不存在的,它像一只似是而非的大象,我们可能就是那个瞎子,用手摸来摸去都摸不出事物的全貌。

滴水声在近处也在根本就看不到的远处或某处,要彻底地说清这当中的底细是徒劳的。唯持有这种认识才接近清醒,才知道自己对身子以外的许多东西一直在对空而战。

我们都看似完整的,其实又是正在漏水的,甚至摸不到裂隙在哪里。我们是傻子,又清醒得无法无天,唯有这所面对的看不见的漏隙,才是我们真实的边地。

在这里,我们举目无亲。对此,一直没来由的心慌,像个久治不愈与无家可归的人。

对此,修水管的师傅一直叫不到,或者迟迟不来,更闹心的是,他们大多是冒牌的二手货,手艺越来越不可靠,让我们深受修了又坏,坏了又修的无穷尽。

又一个数据是我刚在百度上"度"来的,说:一个没有拧紧的水龙头,一小时大约浪费掉零点一八升水,大约十四小时浪费的水可以供一个人维持一天生命,一个月漏的水可以供一个人维持生命五十二天。

另一条"百度"说得有点儿像在现场手把手在教我的样子:

你好，如果你感觉水龙头拧紧了还在漏水，那么，看下是哪里在漏，如果是螺口接头那里漏，那就要在水龙头接口螺口上绕点儿密封带，再拧紧就好了。如果是水龙头出水口漏水，那就是你平时已经把它里面的那层密封胶圈拧坏了。那就要换新的了，没有别的方法了。

2020-04-25

我是自己身体的异乡客

身体上的一些部位，同时也可看作一些数字，我永远不懂，弄不清。

它们一直在变，有时是多的，有时在减少；在方位上，它们也很是无常，仿佛可以左右走动，或上下客串，甚至突然找不到，捉迷藏般躲藏起来，成为一种迷失，拒绝留下与我继续联系的方式。而后来，它们又悄悄复位了，像是什么都没有发生过。

处在浅表的，有我曾经浓密的络腮胡，不但我自己在年轻时爱用手时不时地理顺它，一些别人的手也会突然怜爱地伸过来摸一摸它。这是在南方，一个男人两腮间能长出这么多落地式的胡子，真是件值得好好来玩弄的一件事。可不知从哪一天哪一时哪一刻开始，它们已开始背离着我一根一根地变花白，让一个人不再拥有肥沃的地气，树木那般的枯叶开始掉落，成为衰老的表征。

在深处，是心跳。年轻时我能很好地看管住自己的心跳，也能驱使它为了什么去狂跳一番。

那是多么健康的搏动，每一下都是进取的信号，仿佛是它在带动整个世界在生活在奔走，谁呵斥它谁就是反动的。而现在，它时常会没有任何理由地乱跳一番，有时则被谁用脚踩住胸口般感到窒息。

我知道，肯定有更大的理由责令它必须要那样狂跳，也必须要被人用脚来踩住胸口。

昨夜，我躺在床上，又用手偷偷地摸自己的肋骨，偷偷地数着数字。左与右，是与非，姓李或者姓张。却总是摸不出一个确切的数字。有时左边感到少了一根肋骨，反过来，右边不减反增。

这是违背常识性的变数，难道，当中也有谁的叛逃？

这让我无法在日常中站稳站直。或者，在自己肉身中看管这些骨头的谁已被人买通，通过某种不齿的歪门邪道，造成我的迷失，成为对立，走向我的反面。

我知道，一些常识性的标记是我此生永远关切，却又永远模糊的地带。我对它们永远维护，却又永远心虚那就是自己不容置疑的领地。

为什么我一再惊呼自己忽多忽少的身体一如惊呼丧权与沦陷的国土？那是因为，我其实并没有对自己的身体达成有效的统治权。我甚至是另一个人，面对自己的身体，不但拿不出治理的办法悠然自得地在人世坐而论道，还是一个异乡客。

这是悲哀的发现，却也是相当真实的自我交代。是的，这具一天天老去与旧掉的身体，是我这个人的旧本钱与老江山。但同时，这座江山在时间里它已经又与别的什么暗自串通好，脱离了最初与我歃血为盟的关系。颠覆的计划其实早就开始，不过是整体上又被我维护在活下来的时空中。

许多时候，我听到了自己身体的滴漏声。我知道，这个臭皮囊已经出现了裂隙，没有任何的手能够护住它。它背着我已经转身，已没有了以往的言听计从，没有了相互的依偎与温存。能走到这具身体以外去的，都会自认为是个挣脱者，并且，能出走的，已经拿捏好，时间已不再是我的时间，而永远在它们与谁相好的那一头。

是啊，一边是病和病床，一边是走出来的新世界。无疑，我这头肯定被认为是不可靠的。不可靠的，就必须把路让出来，再不能挡在马路中央。

是的，我能辖治的版图已经不断在肢解，逐步地变成一块又一块的碎片。

它们像冰块那样向四处漂移，再没有人记起曾经那个国王的奋发向上与励精图治。放眼望去，这具身体依然有貌似的版图，高山和河流，草地与岸边，但实际上已经乱象丛生，满目萧条。

被清风吹过的山坡，鸟的清幽声也成了悬念；草地上花朵不顾及朝暮地胡乱开放，成为大势已去的样子，无人过问也羞于被人过问。

我知道这一天就要到了，那时我会变成一个市井野老，开头还能每一天听到身体中传来的钟声，而后来，钟也被人拿走了，只剩下微小的角落里的铃声。所有的生活开始爱出错字，或者每个字只剩下了偏旁。

比如还要不要活下去的活字，那边的水早已蒸发殆尽，剩下的舌头只好自己说话给自己听。还有我妻子的姓氏，林子变成了单根木头，也不知被减掉的是左边还是右边。

而我自己身上的一草一木都在匆忙地走动，我抓不住更叫不住要纷纷离开的根须与叶子。

有一颗牙齿已脱落，相当于又一个本属于我这个人的地理名词在丧失。我整个人已应合那句话：危邦不入，乱邦不居。

反过来，我还会时常念叨到另一个人的名字，那个人正是我自己。或许，那是年轻一点儿的我。时空不知为什么又被颠倒？现在，他正在别处争宠，去拾人牙慧或争夺满汉全席，它已不管我这头的疼痛，不管这头的"梦里不知身是客"。留下了只有我在独自意味的空茫两个字。

这不值得奇怪的，谁叫我一开始就认清了，我活着不过只是一个自己身体的异乡客。

2020-04-23

做我的小事，养我的小命

生命在于我，不过是一把粗粮。

有了这定位，便知道自己在人世上是一种什么人，大体能做些什么事，一日优游中，每当天黑下来时，躺在床上，摸一摸自己的身体，能感受到自己的在与不在，并突然明白自己这是在拿命喂养时间。

更多的人要接受并过好自己庸常而平凡的生活。

更多的人无法辉煌，只好心甘情愿地享受平凡。用一天又一天没完没了的相似的吃喝拉撒，去度量生命的长度，也像滴水一样，去充填挂在命运下方的那只破铁桶。水满则溢，或者水还没满，铁桶便在生锈、漏掉。

生命是一只破铁桶？在整体的容量以及滴水的形式上，还真的是这样。

而我更愿意自己是随随便便的一棵草，一直处在无名氏状态。顺应着一颗露养一棵草这一古言，拜草为命，拜泥土为尊，活出一棵草的自在来。

自古以来，野草的命，因为拥有无穷尽的同伙而忘记了自己的卑微，甚至反而会以自己的卑微而有点儿沾沾自喜。

拉开距离看，大地上绝大多数的黎民百姓就是无名氏的啊，正是这种无名氏覆盖了所有人的小名。我混在荒野中的大片草丛里，也知道身边那几棵草姓李或姓张，但一想到大家都是草木，再多的姓氏其实也属于天地一个姓。

有一天突然有只大脚踩来，踩到的是有好几个姓氏的小草。与众多的草一起被碾压一次，我也不觉得那是一种碾压。还有一种草是经受不住被踩踏的。这还好，至少还有额外的宽慰，那是白居易写下的诗句：野火烧不尽，春风吹又生。它们遇到的是火。

我自己早已觉得已经练就好了一副好心态。也由此知道，小命难缠但必须十分友好地与之纠缠下去。

还得记起，一生中有许多必须做的事是不得不去做的事。同时懂得自己叫什么名字，尽管这个名字乍一看像已经混入了另一个人的名字，叫起来有点儿生疏与奇怪，甚至有些憋屈，但一旦喊到它，会立即觉得自己的这一天正在天亮。同时，因了这小名，要像捍卫一面旗帜那样，捍卫着自己小命里的小飘扬。

为了这，自己还得无愧地在这个社会里领到一些银两，以伺候好包括自己在内的一家老小的嘴巴以及他们的小命。你和我都管这叫作：讨生活。

许多时候，为了这些银两，自己完全不是一个大丈夫那样附和着什么，低三下四，甚至委曲求全，为的只是，不得不服从这条只在上一口气与下一口气之间相接相续的小命。

许多时候，你们站在上位，我站在下位，我知道这完全不能证明什么，但我站在那里只要有一份舒适感就值得庆幸。给小命一个能安放双脚的地方，不正是我们卸去一切荣光之后，最后的祈求嘛。

许多时候，我也是自己独处，夜晚安静地与自己的老婆睡在一张床上，露在被窝外的鼻子，也会在空气中嗅来嗅去。比如嗅到谁在挤牛奶，联想到那双劳作的手与那个丰腴的银行所发生的行为关系，却依然会认定，什么是要活得实在，以及必须服从的实在。否则，自己就是有悖常理的人。

当然，也有你不得不去做，却总是做不好的事。比如胸怀祖国又感到自己的"怀"不够大，祖国要我们多做出一些贡献少说一些逆向的风凉话，而你我又总是像那个笨孩子，不但奉献很少又会以一个顽孩对母亲忤逆顶撞，流露出不加修饰的言语。过后就会悔过地指责自己，并惊讶自己为何会活到了另一头？有些行为不仅显得多余，甚至已跑出自己的立足地太过的路程。

有时，自己的小命竟发生了飘逸感，也会跟地上的蚂蚁悄悄地说些话。话语里一定与生命里苦乐问题有关。甚至还会问一问，一只蚂蚁的肚子里能装下多少忧愁一类的问题。

甚至，也在饭饱之余，会偷偷地收藏一些有花纹及形状古怪的石头摆放于案头，还关心到这些石头中所蕴含的什么是轻什么是重的理由。在我的眼神投放在这些东西上时，一个人的小命仿佛已经与我无关。

更弥漫一点儿，我还会关心头顶的白云，无论白云是不是也在意我的这种关心。许多时候，我会不由自主地站在白云下，面向天空喃喃自语地念叨些什么，并知道另一些唐代的人或宋代的人也会同我一样，将天空作为可依靠的最后一面墙。当我做过这些事，我也脱离了世俗意义里的那条小命。

同时，我还有不可告人的野心，想把汉语变成我自己一个人的语言，我一说话，世界同时被两颗太阳照亮，汉语会成为最后照亮人们的光源体。

这不可能的事明知不可为我却一直努力地在做，我太热爱自己祖国的母语，一说话，就会在恍惚之间感到只有我一个人在说话。而我又被同胞们议论，说这个人真正地活在我们大家共有的母语中。

凡此种种愿望，对于我都是真实的。有时我自己也大吃一惊，当我触摸到自己内心里悄悄长出来的诸般意外的小触角，就会狠狠地怒骂自己一番，为什么会有这么多不安分的想法，命太小而念头太大，更忘了自己早早就为自己圈定的作为一棵小草的身份。

经历一番自责与灵魂深处的检讨之后，我又会被一双看不见的手牵引到原来的地带，在那里面壁，一读再读那没有文字的天条里的铁榜文书。如果不这样，我又会继续在生活里节外生枝，跳脱另门，在自我捏造出来的多边形的时间里，假惺惺地装作一个身份不明的人，思想分蘖地站在一旁，并南辕北辙地服从集体线性的时间。

我问自己，知道不知道什么叫人口统计学，也问自己为什么一直改不了滋生歪念头的毛病，哪怕这念头中有一些属于伟大的偏见。

经这番拷问之后，我又会像他们所说的那样清醒过来。也从此认识到，一个人的深刻，有许多是在自我摒弃的情况下得到的。我能如此深刻地认识到自己，也实在是并非我自己所愿。

对，这是对的。我必须继续安放好自己的小命。再怎么说，它也是上苍给的啊。

2020-04-22

发信者对收信者的补寄

那个给你写信的人不是我。

当你收到那封信时,它根本与我毫无关系。我难以置信那个人在草写这封信时的动机。

虽然字迹是我的,心事也是我的;更要命的是还有叙述的方式,以及流连在某些语感上的偏执,它多像一座城池的疏意,大街小巷间不但飘浮着地气上的语调,还造就了一方人被谁养出来的走路姿势。

但他真的不是我,我根本就不住在邮戳上的那座城市。

我在那个秋天根本就没有写过一个字。这反过来又给我造成了大面积的黑暗,我暗暗想对此晕过去一回。在整个秋天,我是可能不写文字的人吗?

你确确凿凿证实了我的来信。

你指责我要有承认自己所作所为的勇气,更要爱惜自己曾经表露过的心迹。只要走过,必留痕迹。你这样说。还说:"纸是包不住火的或者火是留不住纸的。"你的智慧与我相当,这让我感到难办。

你说辩证法必须使人诚实,一如诚实的人生经常违背了辩证法。你说尽管谁都可以翻手为云覆手为雨,但那云与雨,便会成为最后的证据。

那么那个人果然是我?

当那封信带着我的热情试图打动你并果然使你流泪,这怎么可能呢?我怎么还有这种能力?我坚信我是不会使你流泪的,我不具备这种心智,我也不相信自己会存心去促成或萌发这种心智。

我天性那么疏懒,哪怕身体中多长出两只手也懒得去搭理。我自己已理不出自己身上众多的迷宫,还经常在时间中没完没了地反驳自己。我不具备这种热烈地去诱发人感动的穿透力,这一点你一定要相信我说的是真话。

那么这个人是谁呢?

可能还是一个巧合吧,他这封信件中的叙述刚好也经历了我的事件,他的文字穿过我的身体便派生出两件缝合在一起的事件。这条大街上某个人踩到了香蕉皮,另一条大街上恰好也有个人踩到了香蕉皮。

一只老虎对另一只老虎说:"喂,你身上怎么也有这斑斓的虎皮!"

还可能,模糊学所说的果然是真的:东方的蝴蝶扇动的翅膀本来就不长在蝴蝶的身上,而是长在地球另一端的风暴上。

你相信这是真的吗?

我现在也正在这座城市里找他。我要给他当头棒喝,拦住他并且问到这个人:"你终于得逞了,因为我,你获得了别人的关注也获得了我的追问。"

当我这样问他时,我一定要紧紧盯住他,观察他眼神里那每一瞬间的变化,在那刻,我一定是天地间最得意的见证者,像豆荚里的两颗豆,其中一颗突然跳出来,而后隔着一层皮质问豆荚里的另一颗豆。

如果他这时做了一个动作制止了我,说你跟我来。

如果他把我带到我自己的家门口,并叫我坐到自己的书房里,并神秘地与我申辩:"看,这就是我喜欢模仿你的所在!这是你的家还是我的家?"

我不知他也会在我吃惊的眼神里看到什么?如果他接着责问我:"你说说,那天坐在这张书桌上给人写信的人是你还是我?"

这一幕完全可能出现。唉,那时我不知重现在彼此眼神里的人,是不是一个完整的人。

我与这件事之间因为什么铸成了这种错呢?这个人那么说一不二地替代下我,他使用我的签名给你发出了致使我感到有错误的那封信。

你激动地读到我要写给你并且早就应该写给你的这些文字时,一切,又变得一片模糊。

这当中到底发生了什么？这真是没有办法的事，你一定要宽宥：无论是那个人。无论是我。

2020-12-27 改

生命的地图

一只信天翁与另一只信天翁可以保持三十多年的爱侣关系。

即使一年时间不见面，它们当中无论是雄的或者雌的，都不会轻易地将自己的交配权转换给别人。

据说两只雌雄信天翁一旦交配过后，双方便牢牢记住了对方身体上的气味。哪怕是到了发情期，只要发现向自己靠近过来的身体气味不对，自己的"性趣"便会立即关闭而躲开这种诱惑。

作为少数派，信天翁是可以绕开动物世界的一些公开法则，而只认自己那个道理的。

它们不会像只要是身体上比别人更强壮的雄狮，就可以借助打败另一只雄狮而成为一个狮群的霸主，从而霸占到更多的雌性母狮而得到更多的交配权。

也不像雄鹿只要是蹄子比同类的更大，就会有众多主动讨好的母鹿围上来与之厮磨在一起，而忙得不可开交。

日常里经常可以见到落单的信天翁孤寂地爱上了自己落

单的生活。

这些信天翁也猜测不出与自己相爱的那只信天翁为什么这么长时间再没有现身，只知道这一只信天翁是值得自己为之等待的。寒风吹来，它不知另一只正踩在哪一条高枝上或躲在水边的芦苇根下。为其啄毛或为其暖身，已是不可能的事。是的，它再没有闻到那沁润心肺的气味。

它们内心里服从着一个作为鸟自认为崇高的法则，心甘情愿地过着这种落单的生活。它们也一致认为这样做是值得的，不但对得起那阔别的另一半或者阔别的气味，也对得起作为一只信天翁必须去服从的法则。

而这法则，正是对自己在生命中划下界线的与至高无上的精神地图。

也叫对自己的笃定。

这一点，动物们一直做得比我们好。我们甚至连昆虫也不如。

昆虫们什么都不需要，它们生来就有现成的法则，生命传下来的基因里什么都是齐全的。

它们的基因是有记忆与信号的，不需要谁的提示生就便很明白，连抛弃与拒绝都于此无关。它们的身体与要去的目的地之间，有一条看不见的线缠绕在透明的空气中，比一条铁轨还长，比死去又从梦乡里醒过来的人具有更长的思量。那是基因的记忆，一触碰就即刻要着火的样子。

美洲王蝶就是这样。

它们每年都要往返于加拿大东南部与墨西哥米却肯州四千五百多公里的迁徙路途中。这种现象已被科学家们列为自然界十大奇迹之一。

每年寒冬时节的大雪都致使四千万只王蝶死亡。

当大地降温的十月来临至来年的春暖花开的三月初，上亿只的王蝶便谁也没有通知谁似的，集体地浩浩荡荡地遮天蔽日地群体迁徙，在天空下越过一座又一座高山，一片又一片森林，最终来到远方的墨西哥火山口附近的山林中，借助这里温和的地气，越冬和繁衍。

这当中，去年"去过"的王蝶早已死掉，没有谁是现成的"头雁"或"领头羊"。它们依靠的是生命中直觉的导航，认定向死与向活都是这条路。

它们集体的去向仿佛是茫茫中漆黑的一面夜。每一只王蝶都心中有数地跟在大部队中飞，谁也不怕谁有错，谁也无法出卖或故意弄错这样一支浩浩荡荡的队伍。

怀揣着闭起双眼也能摸过去的信念，它们相信，这一去唯一值得感恩的，就是身体里那一张现成的基因地图。

由于路途太长，王蝶的生命周期，远远无法一次性地抵达四千五百公里以外的目的地，还必须经历具有哲学意味的"羽化"现象，在途中的某地停下来，由蝶变成蛹，再由蛹变成蝶，接着再继续去飞。

这种经历了死去活来的身体，按理早已是今生不知前世的面，按理早已断开了往生之间记忆的链条，但是它们偏偏不，它们的基因是死不了的，也比死去的身体更长久的。

只要基因在，它们往返几千里的那张地图就依然在。

那冥冥中，让无数的蝴蝶以及少数的信天翁们记住生命信号的到底是什么东西呢？

在鸿蒙之中，它们身上的这一切被记取为生命的唯一，除此别无他念。那是唯一的一头，寂寂中自有你才能读懂的密码等着你破解，那神秘的路也会为你依次打开。

这密码无比强大，与之相遇相当于一种服从，也等同于服从生命，服从神性安排的打开与关闭。

万物会悄悄地把空间对你们让出来，并相信你正在守约的这一切，让我们活着的这个世界有了可靠的信条，恒定，道义，以及可以继续延传下去的理由。

世界因为你的守约，感到寂寞和疼痛也是伟大的，孤单的信义以及看去有点儿冰凉的东西依然在我们心灵的重要维度里熠熠生辉。

安放它们的位置独自而又崇高与值得。

这张地图永远有人在收藏。它所指示的秘密的路线，只有少数人的目光可以清新地看到它严肃的存在。那里，已画好了世界与我们的距离与信心，担当与勇气。生命不容你违约。

2020-03-27

化作一道金光，穿墙而去

从少年时期的青葱岁月起，我身上就有一股向往仙山拜师的情结。梦想自己能不老，行云流水，点石成金。

我愿意为此去吃下众多的石头，去泥土下行走，穿过三千里地皮下的黑暗，给一些春天里的小虫治病，也给一些没有出路的人指出路在何方。如果我愿意，还可以帮助那个企图把海水舀干的人渡过难关，我会对他说，请你来跟我练习背起一座大山的本领。同时一起喊，我们一喊，土地与树木便全部跑到海水里。

正是内心里具有这种精神背景，二十年前去青岛崂山时，我写下了一首《穿墙术》。

我老家的后门山就是一座颇有仙气的山，取名葛洪山。传说葛洪仙翁在许多名山中都练过仙丹同时留下遗迹，直取葛洪之名冠作山名的，国内仅此一座。

山上至今仍留有无人能读懂的摩崖"仙字"，有葛洪仙炼丹用的炉座，以及通往远海洋面的无底洞。

我所在的霞浦县最初建县于晋太康三年,取名温麻,县址就在葛洪山下的古县村。远远望去,大海烟波之上的葛洪山,在海湾中拔地而起气势恢宏,再没有想象力的人望一眼后,内心自然便升起几缕祥云紫气一类的东西。

在我老家,男女老幼不知从何时开始就活成了一种风气,即对自己的生死之道一定要活得心中有数。活在什么可为,什么又不可为的训诫中。

这里的少年个个心比天高义薄云天,而行为上又能在有形与无形的伸缩中拿捏好两者间的关系,仿佛活在这座仙山脚下,每个人的心怀都有错念,但每个人又都出不了大错。这可能就与这座山在人们内心中形成的气场不无关系。

那是个有学堂但没有书念的年代,这座山的许多传说自然成了牵引我们去叩问人世门道的现成而古老的教材。我记得一位小伙伴说,要是他能得道成仙,他一定要娶一百个老婆,当被人提醒,人一旦成仙后,便会自然而然就失去男女之间的兴趣后,便立即收回了要去这座山拜仙的念头。

我当时正在偷偷看《封神榜》这本书。书中最让我感兴趣的人物是一位名叫土行孙的矮子。他比其他神仙不同的本领是可以遁地而行,在泥土底下日行千里想去哪儿就去哪儿。这种避人眼目我行我素的法术,真是令我五体投地,恨不得将自己变成现世版的土行孙。

没想到多年后,这种念头在崂山中又突然被激发了出来。

然而,肯定要化解许多问题才能进入这种穿墙而过的角色。在我感觉中，所有的神仙都是非常横的角色，比如要懂得念下天地间唯一的咒语，还要找到坚壁之间的那道门，只有解决那道看不见的门的问题，才能解决所有神仙共同的问题。神仙们眼里有门的地方，一般人看去都是一堵不可逾越的墙。

以上的问题被打通后，接着才是墙的另一面是什么，或者穿越到了另一面，能不能得到自己苦苦想要的结果。

我暂且给自己设置了三种场景。

第一是穿过这堵墙便到了另一个全新的房间里。看见了我的诗歌与母亲的那张床，我母亲依然是活着的，母亲说你终于来了，你没有解决的诗歌的问题在我这里早就替你备好了答案。来，你把嘴巴张开，让我看看你的舌头及说话的方式。

这个房间相当于是一所口腔医院，到这里来的要义是要解决我在墙的那一头一直得不到解决的说话方式。也就是说，我又获得了能够重新说话的途径。

另一个是进入了更大的幻觉。我得到了一个外乡人的头衔，理由是已经从原有的人间来到了新的人间，终于像那只虎跳峡上的猛虎那样，一蹴而就，对人说我从对面的人间来到这边的人间。人们围上来，让我辨别他们所持有的真理，其实这类关系也不过是关了一扇门，便打开了另一扇门而已。万物间的门，都是可以这样相互转换的。

此外，一些运算的方式也改了，比如会被问道："你得对我说清楚，今天是哪一天？"问过之后，发现天又亮了一次。头顶太阳的颜色也稍有不同。

最后一个场景是，我对着墙正跃跃欲试之际，有人急忙要逮住我的衣角，生怕被我真的走脱。

而那时，我整个人已经变得差不多了，我正怀揣决绝的心愿两肋生烟地与一切做一个了断，后顾之忧一类的话题已经均不是问题，哪怕穿过这道墙后成了个愚氓我也要胜出，哪怕鬼那样我又要到了另一张脸我也要定了这张脸。

这人终于作为我最后的仇人撕开了嗓子大喊大叫："看啊！多么没有理由的闪电，这畜生，竟然做了两次的人！"

2020-03-30

在语言的断裂处,总是疯子金身闪现

那天,人们担心的事情终于出现,那个与我同一个姓氏的疯子还是爬到了这座高楼顶端的一个锐角处,爬上让人心狂跳不止的这世界危险的心尖。

尽管他的家人为了提防他的这种让人揪不住的过激行为,之前已经交代过物业保安对房顶要有不留死角的措施,比如关闭通往最高层的某处暗门,在楼面的栏杆上加上一把铁锁。可是,今天那把铁锁不知为何就被他打开了。

现在他就站在那个"危险的心尖上",对面是一座几乎同等高度甚至连建筑风格也完全一样的高楼。他看了看楼底下围观的人群,做了一个如果不是大人物便无论如何也做不出来的手势,开始扯开嗓子向围观他的人群喊话。

"看呀,多么高的虎跳峡!在大地的这一边与大地的那一边,我就是那只即将要飞过去的那只猛虎。我已经约好了我自己,我就要带着我自己,跳过去!"

"啊!千万不能跳啊,你的妈妈正喊你回去吃饭呢……"

底下的人群一下子炸开了。

不知为何,有人在此时突然插了一句:"他说的可真好。比你的好好多。"

"如果不是疯子,这手势,这声音,可迷死人了!"

"是呀,好久没有听到这么抓心的语言了。"

可此时,围观的人群这一头似乎已找不出能有效阻止楼顶上这个人的语言了。语言在这一头已经断裂并非常贫穷与惊慌失措,梯子差了一大截。

在楼顶的尖端处,话语却无比新鲜。

"我已经被约,去死,死于这边与那边的够得着,或者够不着。死于我自己的偏头痛……在山崖的那一端,你敢不敢像我这样站这里试一试这狂风大作的手感,试一试这空气中的空?"

楼底下又有人说:"为什么人一旦疯掉,说出来的话就像是天才在说话?"另一个也跟着议论:"是呀。他说的话每一句都有要把世界翻到另一面的感觉。这就是点石成金与石破天惊!"

站在"心尖上"那个人又说:"我已经两肋生烟,我还闻到了身体正在被烧焦的味道。我就要飞过去。听,神仙在说,到底还是有人肯拿命来了结要不要去另一边,会不会去另一边!"

人群一边听着,一边感到一只老虎就要展开那藏在腰间的翅膀。

有人又立即激赏:"多么跳脱与鲜活的语言!"另一个则说:"说得我们舌头打结。这是怎么了?"还有的说:"世界好像不在我们这一头,世界现在完完全全是这个人的。他现在爱说什么世界就是什么!"

那么,就权当那一头就是另一个世界。那一头的世界又传来了它的声音:"真是苦命的来回扯啊!我一直活在这一边,一直无法去到那一边。一直的问题是,为什么我总是发现自己活在单边,活在另一半,活在这一头与那一头,活在够不着与过不去。我要在这边的人间再一次去那边的人间……"

简直的,底下有人鼓掌了。但又立即被人制止并压了回去。

我知道,这些话戳中我们心头的痛点,我们被蒙蔽并忘记了如何继续说话的痛点。

这么酣畅无遮的话语,让我们想到了许多人的舌头已被割掉或是黑的,我们有许多虚设的口腔医院。

现在我们已无法拉住楼顶上这只语言的大虎,与他相比,他才有语言上扭转乾坤的滔滔不绝以及语无伦次。

仿佛,这个站在绝处的疯子,已经摆脱了地心引力。如果在地面,说这些话时,我料定,他定是不屑于拿正眼来看我们的。

当这些语言以排山倒海之势倾泻而出,我料定,对于当中的孰是孰非,他也会把自己当作一只花斑的大虫那样,用心中的那股气,对我们如用最粗劣的排泄物,与山羊们的小颗粒相比较那样,把我们比下去。

这疯子，现在已经没有来处与去处。他还有话说。

"来了。我就要跳过去啦！"

"不要问我为什么非得去那生死不明的另一边。不要问我为什么这么迷恋于只有这拿命来才能跳过去的另一边……这真是一把锯在我心头的锯啊！这实在是太扯了，这就是要命的来回扯啊！"

"那你跳啊！"人群里终于出现一个带着犬儒学口吻的人突然这么说。

这话立刻引起一片复杂的骚乱。顶上的声音继续传来：

"我去啦！我要对对面的人间说，我来自对面的人间！"

话音刚发出，那疯子便纵身一跃，以一种自以为是但很决绝的姿势要跳跃到对面楼的楼顶上。

但这是不可能的。人们惊呆，尖叫，空气中一刹那长出无数双要去拯救的手。可是，被人呼来的消防人员早已把气垫铺好在地面，一切有惊无险。

人们吓出一身冷汗。可是一回想，所有在场的人又重新回到这疯子刚才一番话的语境中。人们不自觉地呼出一口冷气：比刚才那即将要发生的死亡永远出彩的，是这个疯子直击人心的语言。

我们的语言平时一直处在被谁锁闭的状态中。它虽然齐全而有序，却是疲软与昏睡的，懒惰与不想有所作为的，我们一开口说话，便知道自己正处在山重水复疑无路的状态。我们很是欠与这个世界好好说话的态度。我们说话，那扇门依然关闭着没有被打开。

这个疯子带着他独特的语言密码终于金身闪现，他等于把我们能够说清楚但基本上又要被说死掉的话，重新又说了一遍。他一说，所有被封冻的河床都松动了。什么叫一天中的第二次日出？这就是。

在上一刻，许多的形势都好像处在那个末日。一切的情景已经处在穷处，失语而傻掉，而正是这个疯子非理性的大段大段的告白，在毫不讲理中处处见机锋地一针针刺痛了我们的听觉神经。它那么跳脱，没有来处与去处，让我们疲软无力的话语终于有机会得到了翻转。

难道，我们的话语需要一个疯子来拯救？

2020-04-17

生命的屋顶

那天,胡屏辉的老父亲也去世了。从这一天开始,他同我一样进入了失去双亲的岁月。我对他说:"我们的屋顶都没有了。"作为男人,生活也许真正从这一天开始,风雨无遮地担当起了对一个家的责任。

那面透亮又严密的屋顶,一直是作为这座房屋这个家的"最高存在"遮盖在我们头顶的。

它就是我们心目中的亦高亦最为亲近的另一面天。更高的天空里云朵飞度众鸟喧哗它阻隔在我们头顶与我们同在,更高的天空里杂树生花节外生枝它也把一切挡在外面与我们同在。

其实,那面总是高高在上的天空一直离我们太远。

在每一个日子里,我们只要每一天拥有自己的一面屋顶,就能感到自己就有上苍。就感到有人在替自己做主,就知道月光在我们的屋瓦上,白云也在我们的屋瓦上,过往的飞鸟以及它唱过的歌也在我们的屋瓦上,风风雨雨也被挡在这面屋瓦上。

就感到，自己的屋顶就是自己的天。我们从幼小起，一切都在它的看护下得到了成长。它让我们懂得，什么叫家的呵护与天塌不下来。

常有人说，心比天高；不，我的心从来都知足地安居于这面屋瓦下。

可是有一天，我们又会感到，这面屋顶突然没有了。也不是被谁粗暴地掀开，也不是来自天上的陨石把它砸穿。而是神秘地没有了，我们被遮盖的心一下子，空了。

那是我们的父母都已离开人世的那一天。这一天我们突然感悟，自降生在人世以来，自己的父母其实就是更具有精神意义的屋顶。它从来是最低最亲近也最触手可及的天。

自己的天也从这一天开始真正空了。自己家的屋顶在物理结构上存在，但实际已显得有点儿形同虚设。我们的心从此有了要经受被日晒雨淋的感觉。而内心最大的真实是头顶一下子没有了遮蔽，头皮有些发麻，头顶寸发之上只剩下凉意逼人的空气。

我们一下子从这座祖屋里抬头一望，发现头顶屋梁的结构有点儿不一样了。

我们成了没有屋顶的人，它让人想到一个可以类比的群落，比如被遗弃在街头的流浪儿，被逐出群体的孤狼，一棵春笋长出来，而它的母竹却被人挖走了。同样地，遮盖在我们头顶的手心不见了。

现在，我们真正地一眼就看见了天。看一眼后，便带来了寒意，带来了丧失，带来人间的萧瑟感，当中包含活着的突然错位，永失亲情，无处话沧桑。

我们甚至有了幻觉，觉得所住的居所不再是习惯意义上的居所，而是出入无遮拦无法庇护藏身的荒村野店。

或者是，这个家从此成了一处遗址，只属于前人留下来的与我有关的一块地盘，那带领我们一路走来的慈父慈母，在此建立起他们的家业；现在，它只适合问安，也适合收留记忆。

我们从此也看破了世界上被你们说来说去的所谓的牢不可破。并不是这样啊，天空从来是不留情面的，当父母已不在，人世的屋顶便不可挽救地坍塌了。

父母都健在时，我们的头顶是可感与亲近的，天也是谁身上可以用来触摸的皮肤，自己高兴时便可以自由自在地向天说话。而今天，再看看人生中一旦失去父母的天空，便感到它不再是我们个人的天空。

一个家一旦失去了双亲，没有了自己精神上的屋顶，又回到所有人共同的天空下，我们活在人世的内心，也开始有了不一样的变化。

有一些东西已经无法伤害到我们。比如对于一些粗暴的诅咒与谩骂；有一些令人动容的牵挂也从此与我们割断，儿行千里母担忧这个词，仿佛已可以移交到别人身上；有一些犹豫不决的事我会斩钉截铁地去做，比如不再挂念身后还有一双为你担忧的眼睛。

你重新又获得一种赤裸裸来到世上以及两手空空的感觉。

"我是一个没有父母的人",你这么一想,突然有了悲怆,有了可以再次狠下一条心的果敢。

一切都没有了,没有了。这才是他们一直说的"叫天天不应"。因为,它作为心灵上的屋顶已不复存在。它一旦失去,在永失我爱中再没有什么可以覆盖我们,我们也可以面向天空而无话不谈了。

人生命中最高的地方便是自己的屋顶,因为那是作为我们父母的象征而存在于这个家的高度。

一块国土上最高的那座山,便是这个国家的屋顶。一个人自己的后门山便是这个人家乡的屋顶。我生命的屋顶是我的父母,是他给了我依靠与呵护,让我懂得感恩与报答。

现在屋顶没有了,我突然感到自己成了这座房子里岁数最大的人。甚至,我也要老了,我也自然而然地来到了这个位置,我用双肩扛起了什么,也成了这个家的屋顶。

在这个位置上,人生大概便是这么轮换的。

没有了父母的日子,你我才真正觉得,什么叫冷暖自知。我们已经被安置在这个位置,兄弟。

2020-04-16

雕　花

你凭着自己阅读的经验，或许正从我的这行文字进入了另一行文字，身体也被我带了过去，我的另一个年代也与你有了关系。我脚踩着两种地盘，成全了你们所说的分身法，合二为一或者一分为二。

我在另一个光阴里出现，请你不要把我一语道破，这是我一个人心里的秘密。我生怕额外的风声拂过，再也找不到另外一个时空里的自己。

在光阴的转折处或只隔着一层帷幕，那里有一个时光隧道，我正回到了过去，当然也不加理由地把你携带到了从前。

那是在别人的朝代与别人的市井，我身处在熙熙攘攘的非常缓慢且完全属于农耕关系下的街景中。我走着，发现自己的身体不知缘何通身是雕花的。发现在这里，每个人的肉身都可以凭着自己的喜好打上标签。仿佛不好好使用一番自己的肉身，就没有人记得我是谁。

现在我走在这条人烟气很浓的街头，衣服穿得很是随便，并露出了半边的身体。我向人展示着身体上的牡丹、燕雀，及几只想要飞离的花蝶。边上还刺上了一行文字，标明我在这个年代喜欢什么与不喜欢什么。

我身上的这些花卉、珍禽及昆虫，它们像几朵无名火在这条街上浮动着，感染了那些与我一样年轻却也在心里端着火苗的男女。有人用纤细雪白的玉指抚摸着这些雕花，表示愿意与我身上这些带着微毒的刺青一同睡去，一直睡到几千年后的另几个别人的时代。

而我只好与他们说，我们本来就不是同一个时代的人，但我身体上的这些花可以与你们身体上别的花朵同时沐浴在这个春日下。当我与他们这般说时，时光已成了共同的风景，而非隔阂与距离。

在那块空地上，我与人斗鸡、蹴鞠、踢毽、玩柔道，更多的雕花被我袒露了出来，立刻又有个女的用清亮的声音叫道："香！这就是爷们儿的味。"

我突然记得，以前的几本书中就特意写到这种能够撩拨人心的香。但经她这一说，便引来了许多人引颈围观争看。我的身体一时间成了一堵画壁，我在各种体息的氤氲中被人指指点点，抢眼处，还有谁用手轻轻地摸了一把。

我这才意识到：在身上雕花无论在哪一个朝代都是可以畅行的。甚至，在男女之间，他们身上雕出来的花就是自己沟通彼此的通行证。

他们带我来到了在一条僻巷中挑出旗子的酒肆里喝酒。一干人落座,上酒,无话不谈。

半途,有人建议何不都亮出身体上更多的地方,让人看一看身体上更隐秘的花朵,我说这主意好,在我的时代与你们的时代,我们都值得仔细地看一看各自的人皮。

原来,所有的人对自己的皮肤都保护得这么好。苗条或丰腴,健壮或温润,古铜色或雪米白,相互都看到了想看的。腰间系着一根红绳的女子,她来自青楼,但已分不清是哪一个朝代的秦楼楚馆,她除了向我证实她身体上与众不同的花影外,我想说她并不是全裸的,那条还系着的红绳正是她最后的一缕衣服。

同样是在身上雕花,不同的位置与不同的图像却体现了这个人的心气与心迹。这些花朵或物象平时是极少示人的,能在上面用手摩挲一番的人,定与这具身体的主人关系非同一般。而彼此能从这些雕花中说到人心中的花语,两具身体则真正已相互走进彼此。

现在,它们被一一裸呈了出来,说是坦诚相见,不如说是让相互见一见每人身上都得了哪一种自引以为豪的"身体上的病"。一种一般人不敢拥有与无法拥有的多么漂亮的病。

它们有的长在前胸,有的在后背;有的则在小腹附近,还有更隐秘的大腿内侧以及腋窝下。

这真是另一番蛛丝马迹,大块的如一声棒喝,细小的又如秋日私语。有一个人不可告人的大善或大恶,又有一个人偷偷豢养的大禽大兽或小花小草。仿佛只有一个宏阔的国家才能配制给它们一卷秘密地图,衣服以外是天地间的狼烟,衣袂遮掩下则是一番甜蜜的喃喃自语。

这么多的身体,这么多的暗香。脱在边上的衣服有的是汉衣,有的是唐装,有的则是明清时期的绸缎,发簪间的鬓发造型也各自不同。时间在这张酒桌上是互为穿插的,但看到每个人身上刺青的花图,便感到大家依然活在同一个时代的某一日。

身体上各自的雕花让人亲如一家,而身上没有花朵的人们,才是真正被时间划分成了你的朝暮与我现在正在虚度的星期天。

我与当中的一个女子约定,酒后同去另外的场所听她独自为我一人弹琴,再后去我的书房,让我为其作画,画她胸前雍容华贵的牡丹。她说过多的穿插太过频繁,千万不可因为倾心于彼此而无法回到各自的时间。是的,我们只因身上的雕花而飘飞而至,在现世界与彼世界的恍惚间重叠在某一朵花影里。

然而身体上有花的人却彰显着相近的生命符号,花朵们流泻出来的气息也并不管你是谁而自我遮盖着。无论是大争之世抑或缠绵之年,身体上有花的人就有共同的趣味相投,这张人皮也变成了他们值得张扬的旗帜,为了爱,也为了无力说清的幽恨。

岁月随着这家酒肆的黄旗飘摇着。

我们行酒,谈论着前世与来生,汉唐的气味与明清的气味相混杂,却在彼此的嗅觉中获得了酣畅的呼吸。因为彼此都觉得，自己就是上一个谁的时间里遗落在这个人世间的花朵。仿佛彼此都是捏造出来的一部分，却又感到花朵与花朵簇拥在一块儿，花影重叠着花影，你的影子里有我，我的影子里也有你。

这没有什么不好，这一刻我们毕竟都以雕花的身体作为共同的理由聚集在一起。彼此看去，在你我的冰雪之身上，有山魈或狐狸出没，却也有兄弟姐妹间的花魅之幻。

以此追溯到各自的年代与家国或说出各自的身世，我们显然欲辨已忘言。而对于无家可归的话题，却因为彼此的身体上都有雕花而找到了共同的家。

时间也因为这，被统一起来并成为可以一致使用的时间。

这里有了个身份的合法性问题。当历朝历代爱在身体上雕花的人，繁复地、相互遮盖地在人世上活过的时候，它们在那一个朝代生活已被人忽略，人们只看见又有一个身上有花的人出现了。因为身上雕有花，他们找到了共同的美及共同的趣味。

这让他们可以在不同的年代走进走出。身上的花正是他们的通行证。

这犹如山野的朝露中，有花朵绽放但人们并不去记得这是哪一天。当我行走在这条陌生的街巷，与人招呼并请求观看身上的花朵，我无论来自哪里，花就成了我与他们作为同一个时代媒介的人。

我们都是一些或隐或现的花魂，从不同的年代遁世而来。名花有主般，我身上也有谁的附体。能听到谁在附近气绝地叫唤着我的名字，我知道这当中的气脉与相约。我还知道藏在那当中的一朵魅影。

　　无论我浮现与隐匿，相认或缄默，都有另一朵花在远远地隔着空气在看着我。一个朝代与另一个朝代的关系，除了大江东去，难道不也是维系着花影与花影的关系，花香与花香的关系？并且，那些花的颜色与花的香气依然是隔代相传的。

　　仿佛这是在烟雾迷蒙中的早晨或者月光朦胧的夜晚，我与他们谁也不再管谁的身份与年代，但只辨析相互间忽近忽远似亲似故的香气，只以彼此身上雕花的名义，相互问候，致意，相拥。干干净净地忘掉了世界上还有别的问题。

　　我们只爱花，并且是其中的一种。

2020-04-03

做　手　脚

你们正在享用中的这场春雨,多么缠绵,透心,来得正是时候,仿佛提前一天或退后一日都不行,仿佛就是上苍为你们专门定制的这个地方,这个时辰,这个降雨量。谁在当中起到了作用?我,当然是我。

你们不知,为了这场雨能够如期而至,我与做雨的风,做雨的云,都已商量好,你们要这般这般,不要那般那般。在什么时候什么地方针对什么样的人群,说来就来。这叫什么?这叫做手脚。

你们正在过关。什么关?比如关卡,托媒,考试,收捕,履约,祈愿,动土,立券,许多许多。

我早与你们心中感到最要害的那个主,或者你们还不明确这个管事的人,他有什么样的脾气,一天当中哪个时辰会来好心情,说话带什么腔调,等等。反正他是一个在空气中这也管那也管的人或空气中最大的人,我要他一定要让你成事。如愿以偿。不弃或遗漏。

我提前替你与这个人说好了,我对他说你是最有理由成功的那个人。你一路走来是多么不易,不让你成功太没有道理。如果对你欠下一个公道,这世界便会欠下加倍塌陷的人心。为了你,我必须做好这手脚。

除了你以外,这世上还有正在爱的,与许多还不懂如何去爱的;还有心怀仇恨的,但经过想来想去之后,后来又恨不起来的;前世被爱过,这一世还来不及去感恩的;病愈的,尚不知病是怎么好过来的;一切的有因无果,或一切的有果却找不到因的;冥冥之中早有眉目的,与冥冥之中还显得面目不清的;我都暗中替你们做过手脚了。不用谢,这只是我的习惯。我不做这些手脚,反而会让我感到心慌。

我闲不下来的金光闪闪的这双手,总是执拗地,谁也看不住地要在空气中,自以为是地搬弄点儿什么,向空茫处比画着什么,在无物处搬运着什么,无针也无线也总能修修补补点儿什么。

日光之下我常常一个人自言自语地念念有词。我有无穷尽的牵挂,对什么说,请靠左一点儿,但又有点儿过了,对,再稍微右移一点点。还有,这面前的什么,太堵路了,要快点儿搬掉啊。而面前是什么呢?面前什么也没有。

但我一直在说,在做手势,在建议或决定要与不要。

每天,我只与我面对的空气好。空气中,谁与谁还欠下什么,谁与谁是必须要听话的。我对着他们许下的愿望,都类似于在对空而说。我双手空空如也,却因为心中的愿望而感到过的是如此美好。

如果你一定要追究我的身份，我像个多嘴婆，更像那个再也没有明天的杞国男人，絮絮叨叨中一次次地穿梭于有无与虚实之间。

我让人看去像是一个得病的人，却又自认为身怀大术，能为天下人点石成金，也能将虫豸变脸成百万雄兵。我知道，当我一旦对着人群安放好一句平安而有用的话，我的病也就好了。

你要知道我是带着跪谢的心情去做这一切的。在祈愿之下，相信许多事必定会峰回路转或者山不转水转地好起来。

再坏的事，因为在我私下里做过了这些手脚，那些在暗中使坏的人或本来铁石心肠的人，便突然有了回心转意，突然念及要因为我的这片苦心，而对谁留下多一点儿的慈悲。

我说，这一切全与我有关。而那磕手磕心中显得有点儿多起来或有点儿少掉的东西，也已悄悄平息下来不再吱声。

多么美好的手脚，我一直在背着全世界的人一做再做。

我怀着拳拳之心所做的这工作是何等的宽大无边。不知不觉中，春天的野外无数的花儿心安理得地开了又谢了，秋天的落叶也安宁地归落根部或随着流水漂向远方，这当中却依了一份谁内心的嘱咐圆融于天地之间的变换与祝福。

一个人默默无闻中所做的这一切，可以比作在那要紧处，邻居那个母亲站在家门口，向天呼唤着一个个有名有姓的名字，为自己气脉沉沉需要病体回春的儿子苦苦招魂的情景。

我知道这一切也并不是什么都能如愿地做好。有许许多多尚未结句出来的言语，在繁复之中已不知如何开口或者早已经遗漏而过。还有些本来要变好的，可惜只变出一半，就再也没有办法让它全部变过来。

此外，在世界的另一头，也有另外的势力在对抗地对我做下相反的手脚。他们的动作也很快捷，也很灵巧，同时也还是无形的。许多好的东西经他们那一方念念有词动些手脚，事态便变得不好了。世界上无数的人今天都在等待一轮日出，因为他们，东方的那轮大日，一整天中，再也没有出现。

也因为他们，远处地平线上跪着的那个人，正要被斩。还有附近的什么地方，此刻又传来了撕心裂肺的吼叫声。本来要通过小桥下的流水，都会因为这一切，紧闭着双眼捂上了耳朵。

我知道自己有太多的无能与无奈。我至今也无法降伏那只想象中的大虫。

2020-04-02

保重，我们再也上不了情人桥了

我一直想紧紧藏掖着几件事作为自己与伟雄之间的压舱石压在那里，不说也不提，任由时间继续延长，相信它逐渐会成为一种势力，或者长出越来越旺盛的几缕心香。

可事态往往并非所愿，甚至会因为某件事的突然发生从此查无实据，类似于线人从此断了。比如前天晚上他从外地回来突然打来了一个电话，电话的内容不奇怪，奇怪的是我收到电话的时间和地点。

这天下午我那活到九十三岁高龄的老丈人断气了，死于无疾而终。

傍晚时分，我与几个男人一起抱着他的尸体从住的房间转移到祖屋里的大厅上，过后的某个时辰，习惯性地用手背擦了擦嘴角，竟然尝到了一丝腥咸的味道，我这才发现忙碌中忘了洗手，让嘴角沾上了死人的味道。

伟雄的电话就是这时打过来的。

仿佛冥冥交错中的时空，也含有<u>丝丝腥咸的味道</u>。仿佛约好似的,这个时间必然要跳脱到另外一个时间。这个无意间打来电话的人与我正在为其料理后事的死者,竟然也有一桩要说的事。并且,这事也是我多年来对人藏掖着的其中一件事。

我岳父名叫林文友。去世的那天,人们才从家谱里发现,他原名林鸿有。他是这样一个人,五十多岁时我丈母娘夜里到村头人家打纸牌,他怕自己的妻子回家时走路不便,便常常把那条巷路上的石块从村头到家门口统统踢到了路边。

他是一名搬运工人,一生的故事平淡无奇只与苦力有关。平时也不知出于什么原因,总是疏于对我这个致力摇笔杆的人提起他平生中关于做苦力的事。但某次吃年夜饭时,竟触景生情地说出了一件对我及对刘伟雄都极为重要的旧事。

他说有年过便是好。全家都过不了年的,那才叫作苦。

"那年海岛一户人家,大年二十九了还被人作为敌特嫌疑分子迁往柏洋山。一家人从水路进来,就在后港上的岸。瓶瓶罐罐连同一家人,刚好够上一辆大型拖拉机。天气那个冷呀,他们家那个男孩抖抖索索地挂着鼻涕,我就把他拉在怀里上的山……"

我说,你说的这孩子不就是刘伟雄吗?

在这之前,伟雄一旦痛说起家史,就要说到这段往事。他有个年轻时十分漂亮且能呼应时局而知进退的外婆,关于这个外婆的故事,伟雄及他妹妹刘翠婵的文章里都没少写到她。她是在新中国将要成立时跟随一个国民党军官逃往台湾的,而年迈后却能超越一堆旧事与破事清醒地清点人世的是非。

他外婆出逃后，在那个台湾岛上延续着自己传奇式的一生，而留在大陆上的遗孤即刘伟雄的母亲，却自从懂事开始就过上了悲苦的人生。那时，谁的家里在台湾有亲戚，便是烙在脸上不能抹去的耻辱的"红字"，全家也会跟着这种标记没有好日子过。

而能够将这段经历作为故事说出来时，时局又成了此一时彼一时的噱头。我也自此而得知，刘伟雄身上流淌着大海浩瀚的血液，人生的步履却从大山里一路蹒跚地走来。他的双亲我都熟悉，从壮年到暮年都保持着身负人世沧桑艰难又保持着一颗炽热的平常心。这也给他们一家人养成了坚毅地面对一切的性格。

自那以后，寒风里一个曾经依偎在我岳父怀里被迁往大山里的男孩形象，一直扎在了我的心头。

听我岳父说，他们一家被送到这个县域里生存条件最艰难的柏洋山后，时临寒冬腊月中的年关中，寒风呼号，山坳里一轮夕阳正在下沉，荒漠上是一家外乡人手持坛坛罐罐不知哪里是归宿的情景。落脚的破木屋相当于一间牛棚，灶台里要火没有火，米缸里要粮没有粮。

只有几户人家的小山村村民突然见到有外地人"落脚"在自己的地上，也不知他们是何方神圣，只知道他们是因为"落难"被打发到这里的，凭着一腔朴素的同情心，便用东家的几块糍粑及西家的几把大米，借助别家的火种在冷冰冰的灶膛里生起了火，凑成了他们一家人最艰难的也是最初的一顿晚餐。

什么叫凄风苦雨或者岁月如磐呢？那天，这个平时寂静得了无声息的小山村就上演出这令人呛心的一幕。

那座房子我后来与本县的几个文学朋友都去过。我们去到那里时，内心是带着对时光的一种祭奠而去的。不知为何，我第一次去到这里时，竟绕着这座房子连续转了好几圈。我们在这座木屋里喝酒或者绕着房前屋后反复走，好像这样就能表明自己对这座与一个诗人有深刻关系的房子的态度。同时做下这一切时，就有一份追诉以及对待苦难的切身痛觉落实在这里。

据说后来也不时有一些更年轻的文艺界的男男女女来到这里，证明这座房子的影响性或者作用于人心的东西，已经超出了某种记忆。至于这些作为时间里新孵化出来的新新人类，他们怎么来看待这座房子经历过的一切，我们已无法干预。

而我是慎重的，至今偶尔看见了伟雄，心头依然会莫名地有一阵寒风刮过。那风，是几十年前的风。

伟雄算是个有记性的人，在县城工作当了个小官后，据说这个叫福寿亭村的人遇有什么难事时，便会下山来找到他问门路。最初可能只是小试一番，而后便屡试不爽，接着找到他来解困的事也成了理所当然的事。后来乃至整个柏洋乡发展的事，人们都会把他作为一个重要的乡贤来请教。

这一切都源于那块土地在他们一家人最困难的时候，敞开温暖的怀抱接济了他们一家老小。他与这座穷山村的结缘是因了这般苦涩的记忆开始的，痛苦让记忆生辉并永不磨灭。也许也正是这一切，在他后来的诗歌里总是留下了凝重又善于倾诉的笔调与主题。

现在看来，这座破旧的老木房，仿佛反而背负着时间中的某种"光荣史"。

而我自从得知了这件事的第一时间，心里头就被什么"吱"了一下，我当时就当着我的老丈人的面在心里嘀咕了一句："原来我与刘伟雄之间，你那么早就留下了这么一手。"一种看似无关却冥冥中早就准备好原委似的，揭示出一些时光纠缠中的魔幻性：既然我与你有关，那么，我便就与你还有他也有关。

当年，我记得试探性地对伟雄通报过这件事，以偷偷证实事情的虚实与真伪。他也很有感触地向我提及过，要在什么时候提上两瓶酒，来我家专门向我的老丈人回报上当年的"一怀之暖"。

而那之后我便不再提及这件事了。我想，就让这个故事欠在那里，以此表明，这个故事与别的故事不同，它自身带着不同于其他故事的脾气。同时也表明，我与他之间有些地方还是具有一头轻一头重的倾斜度的。心想，某日他一旦想变脸，我这头还是有砝码的。

在这种坏心眼里，我与他还有另外一桩可称得上砝码的事。

那是二〇〇三年，我获得《星星诗刊》《诗选刊》《诗歌月刊》三家联合评选的"中国年度最佳诗歌奖"，他与我同往四川李白老家江油附近的猿王洞景区领奖。这一次的故事是一次惊险的过桥。

猿王洞景区的情人桥是在万丈深壑之上拉起的一座索拉

桥。是根据猿王与某仙女的过桥故事建造而成的，修桥者为了彰显爱情的力量有意把这座桥修得有点儿惊险，尽管桥长只有百来米，但每一阵风过，悬空的索拉桥便晃晃悠悠在云雾之中。

那天，仿佛我们一群诗人不走过这座桥便对这世界上由他们提出的"爱"显得不够忠诚与缺乏勇气。

年轻一点儿的曾蒙、杨晓芸他们老早就嘻嘻哈哈地走到桥的那一端了，还兴高采烈地有意把桥身踩得一晃一晃的。我和伟雄落在后面，正处在桥的中心地带。这可苦了我们，整座桥都由绳索绑定并镂空着，远远望去，我们就像两只蚂蚁悬挂在晃动的一条绳子上。

你想想，两个人站在两只蚂蚁可以站的地方，是一种什么情景？

就在这时，我听到了在我身后的伟雄发来了求助的声音："老汤，我不行了。"

我转身一看，不得了，只见他脸色发绿额头发汗，身子抖索着想蹲下来。我知道，这就是恐高症。我说你千万不能蹲下来。"来，牵住我的手，跟着我往前走。"

正是这一牵手，他被我带到了桥的那一端。

后来在某次的酒桌上，我对他的妹妹也是散文家的刘翠婵说："没有我的牵手与鼓励，你哥那次是走不过来的。"

这样说出来的过程，多少带有些把一个人的脱险当作了自己的成就。尤其因为这个人是刘伟雄，便增添了当中的得意和本钱。

"码"无疑又加重了一筹,同样作为诗人的刘伟雄与汤养宗二者之间,不但有"一怀之暖",而且还有"牵手之遇",将来万一有一天我们在什么场合吵了起来,我就会想方设法地提醒他,你还记得"一怀"与"一牵"吗?让他难受一阵子。

他会难受吗?这只是猜测。比猜测更为重要的是,这当中有了一份彼此间多出来的标志性事件:我们曾有过一些值得惦记的经历,我们之间是有故事的。并且,我要让它留在我得意的感觉里。让我成了多起来的一端。我要这些做什么?不,我要。至少它是可以暖心的。

其实,这些都因为自己的细想而产生出来的。多血质的我常常多情又莫名其妙地被某一件旧事勾起,细细考量它安放的位置,以及它与现在的自己是一种什么关系。其实,我们又都是十分讨好时间又喜欢与时间交朋友的人,喜欢做下这一些,也只是时间中的权宜之计而已。

后来,这笔所谓的账目却不料又被扯平了。事物有了不容设置的翻转。

那是二〇一九年《诗刊》的"青春回眸"在宁德举办期间,作为半个东道主的我们自然要尽点儿地主之谊。

那晚,我们请了几位外地来的朋友在一个小酒馆里吃夜宵。近年来对杯中物越来越不敢靠近的我,竟又一次忘记了自己在酒中的"级别"。一番风卷残云之后,一桌人便各自提上自己的鞋脚跟,作鸟兽散状纷纷离去。仅剩下了我和刘伟雄,我们坐在那里好一阵子沉默，像两只茫然失措的鸟你看了看我我也看了看你。

我发现自己站起来已经有点儿艰难，走了几步就被一阵来自心脏的窒息感锁定在那里，迫使自己难以移动。

我对伟雄说不能走了，他扶着我在空无一人的街边停了下来。从街边到所住的宾馆仅有七八百米，但那时我就是无法走过去。我第一次对举步维艰这个词有了切身的体验。

也就是这一次，我发现自己已经跟不上自己的酒。感到自己有点儿老了也带上病了。心想，这一次要不是他在我边上，我不知自己接下来将怎么办。

原以为只有自己在这一方手握有搀扶刘伟雄的权柄，我是多的，他是少的。没想到在某夜某街头的某关键时刻，我也被搀扶了一把。这一扶，也扶正了我原先放在心里的有点儿自以为是的"心事"。同样表明，一些好事与坏事在我们两个人之间遇到或发生都是不能不发生的。谁叫你与这个人有着几十年的纠缠呢。

现在才明白，一些事是不能"用心"的，用心便有毒，用心才是真正的"坏心眼"。

现在，我在这头刘伟雄在那头继续写着各自的诗。而他的那座"房子"，还有故事可陈。

后来也没有经过当地谁的批准，反正是全村人都默许了，那座房子及房前屋后的土地就成了他们家的。在星期天或者节假日，他还会回到那里收拾一番房子里的东西及房前屋后的菜地。

有时我会莫名其妙地被小区门卫叫住,说有人捎带了一麻袋新鲜蔬菜要我扛回家。我知道,刘伟雄又到了收菜的季节,或者,今天他又回到山上的那座村庄的那间老屋了。

除种菜外,他在山上还有另外的一些事可做。比如有一次,他同当年的邻居驱车三百多公里,从闽东北的这一端赶到地处闽南一带的晋江某地,解救出了被人骗进按摩院的邻家少女。

证实这座曾经接纳并拯救过他们一家人的山村,依然有故事在他后来的生活里繁衍成其他的生命印记。而被我丈人搂在怀里送往他自己故事里的那个刘伟雄,已经从这个故事蜕变成另外一个故事,并在故事里回环出了人生新鲜的值得回味的种种跌宕的情节,成为一种可以回肠荡气的东西。

再说到这一头。我的老丈人这一刻正寿终正寝地躺在他自己老祖屋的后厅里。那夜,我与妻子为他守灵,冷飕飕的寒夜里,我想过一些比较深沉的问题,比如生与死,寄存与永瞑,存在与虚无等问题。

其中也想到连我自己也已进入花甲之年了,一切成与败、得与失、恩与怨都是暂时的,唯有活着还能值得回想起来的来历才是甜蜜的财富。比如我们一生中无缘无故就偏偏与一个人相遇了,并又要在命运的途中跨到另一头的岔口,这当中所遇到的这个人及所要去的这条路,在冥冥中仿佛早就有安排。

此刻这个静静躺在冥床之上的人,他在人世活了九十三年之久,他一生已经有了足够多的纠缠于平生的俗事,他所经历的无数事物中，竟有一件毫无道理地在我与刘伟雄之间横插了进来。说明人与人的关系在许多必然之间也存在着偶然性。而在那说不清的偶然性中，显示了值得追索的迷幻性。

当这种偶然性被我们抽离出来，它会显示出某种神性之光，比如为什么偏偏是他而并非另外一个人。当我们在细究当中陷入冥冥的因果关系并无解时，我们只会茫然地接受下它无由来的那份亲切。感恩时光之神造化的巧妙。

在诗歌里，处在霞浦这个古老县城的当时的几个年轻人，从不同的方向走来，因写作而结缘而有了今天这样的声势。那时年轻，彼此之间总是发出酒杯交错的声音。我记得我还处在单身汉的时候，我与刘伟雄以及谢宜兴、林志海几个人在我小阁楼里喝酒的情景，我们常常用脸盆或开水瓶去打回散装的啤酒。

结婚后一次我不在家，宜兴因为在乡下教书，带着一个外地的朋友，自己带酒和菜就在我的陋室里烧着吃喝起来，那时，一切都很明亮，从身体到大脑里的意识。

而现在，各自的故事又因为诗歌按事物难以驾驭的秉性铺开。可以相互牵扯的，现在又随着各自都进入知天命之年而趋于平淡及懒于细辨。并知道，有许多事一经细辨便有错，便不是我们这种等级的心智。

当我们有了这种觉醒，同样就发现自己的体力已再也不能用充沛的精力来调用自己的感悟。现在，我们的心一天天在空掉，不是什么事不值得去记取它，而是想起它，它已经清淡得近乎无效。

夫子木心说："能做的事就只是长途跋涉的返璞归真。"光阴在无声地校正着你我的一切，现在，一切都处在无声的问候与致意中。所谓"相见亦无事，不来常思君"说的就是这种境况。相聚与喝酒的场次是一次比一次少了，但偶尔从心里呼唤起相互间的名字，便知道这又是一阵茫然的揪心。

曾经彼此间浓烈地牵过的手，现在尽管已失去了当初烫心的手温，但心跳还在。在这座桥与那座桥之间，过桥的人已换了一批又一批，但那次的牵手又是唯一的。同样，夜里空旷的大街边，醉酒的人还在因为迈不开步而无法到家，但那醉酒的人再不是我。

现在，回想起青葱热闹的岁月，就像月光照见白雪上若有若无的那份寂静。

真好，大家都还在，并都老成这样子了。有时我想，朋友之间不正就是这种时亏时盈间的牵手与放手之间的几个小动作吗？流水会嘲笑人们自认的多情，但我们却又总是记住这些，并借此不断地给自己在记忆里圆场。唯此，我们又感到所有逝去的时光都是温热的，并且还可以说自己做的还真是很不错。

只是现在，我们再不敢上那情人桥了。保重，我们再也上不了情人桥了。

2020-12-18

谁知道那是酒事或者诗歌，
与俞昌雄的或酒或事或诗

  那年，也是这个月份的前几天，是一次晚餐。俞昌雄、杜星、王世平，和另一个刘少明不是诗人，在我家喝酒。

  好多本地自酿的土酒在推杯换盏中不断地少掉。最后连我在内，大家都摇摇晃晃了，暗想再喝下去，势必要把我家餐厅连客厅吐得一片狼藉。

  我说不喝了，也没酒了。这几个人才嘟嘟囔囔心有不甘地一齐到门口处穿鞋子，再各自找到各自的路，再找他们老婆孩子的被窝去了。

  第二天我无法上班了。不是我的酒还没醒，而是根本找不到我可以穿着去单位上班的鞋子。

  确切地说门口只有单只鞋是我的，另一只小的我根本没法穿，并且颜色款式也不对。他们几个块头都比我小，也不知是哪个鬼穿走了我的大鞋竟然也能一路走回去？

  我只好一个个电话打过去，结果发现四个人都把鞋子穿错了，穿走我那一只的正是俞昌雄。这种事情，简直可以写成戏了。后来，四个人又重新跑到我家换一遍鞋子，这才了事。

说来真有点儿超现实主义，一场酒竟然把一群人乱成这样。

这情景不是削足适履，而是不加任何思考下，让错误的鞋跟着错误的脚走了一圈又回到我的家换回来。只是苦了那些大小不适的鞋子，被一群人在恍惚中节外生枝地相互穿帮。

一次大欢乐在收幕中，大家嘻嘻哈哈中集体鱼贯而去，回家或者叫胜利大逃亡，乱中生错之下穿别人的鞋走自己的路。

这情景与思维是诗歌的：在飘浮的一堆事象或鞋子当中，每个人都在找鞋子，只要一只鞋被穿错，其他的鞋就可能也要被穿错。事实上是，后来大小不一的鞋子果然都在胡乱的辨认中被穿走了，并到达自己的目的地，完成一次诗意的穿帮。

二〇一一年三月十七日，俞昌雄在诗歌《当我数到十》里写道：

> 我开始数一，白是白，黑还是黑
> 屋檐要连成一片，寄居者墨守成规
> 当我数到二，春水向东流，大海无边界
> 不看掌灯的人，只念梦中的客
> 我接着数三，独木成林
> 风声起，飞鸟齐，他乡酒水遇知音
> …………

这首诗从一数到十，结构依靠数数字支撑着，但数字与数字之间所联想到的却相互断裂或在众声喧哗中共同推进。

有如现代绘画中炫目的色块拼接，左右牵连又相互为因果。

整体奔走的意识让人觉得"一切都不是假象"，在一条大江的涌流之中推着意识的漂浮物，说出诗人无法被堵住的当下感。

他的诗歌在这时出现了一种他身上少有的泥沙俱下的酣畅淋漓，从多维中的不知我是什么到最后归结为生命中挥之不去的斑斓与自在。哪怕是掰着指头数数，它们左右跳动又纠缠不休，却是整体的情形之下情绪的宣泄。你看去是零星分散的，在我却是铁板一块。

这是俞昌雄诗歌近几年出现的一个新迹象。

结构不再是线性的，诗歌中更多的心事被散裂的情绪所牵动，从而一下子令诗歌叙述可以自由地左冲右突。叙述中不再为一事一议所累，所有遮蔽事象的布帘全已拉开。一是十，十也是一。诗歌中不再只与一个谁卿卿我我，而是与众多的谁在同一个经纬点上相互呼应，从众声喧哗到万物归一。

每一双鞋子可以大小不一，每一双鞋子又都是任凭自己穿走的，每一双鞋子都可以在你的鞋我的脚走我的路的意念中为我所用。

这样的技法，使诗歌中单一的我变成了客观合理中与复杂的世相同在的我，使诗歌的内在隐含显得更为博大，更加来去自由。

这是俞昌雄与诗歌多年的拉扯中摆脱出来的结果，而这种自由，也变成了对别人的限制，毕竟，许许多多的诗写者并不具备这种写作上的宽度。

有时喝酒就是为了撇下这个正在喝酒的自己，让另一个谁从这个正在恋酒的身体中冲出来，去远方，让这个身体再也管不了另一个已跑到远方的谁。

那是谁呢？他平时极少与我们搭话。但他的行为显得高迈，并引起了我们的追想与兴奋。

我与俞昌雄在另一次酒事中的情形是这样的：一群福建诗人在霞浦三沙参加刘伟雄、谢宜兴举办的《丑石》诗刊二十周年的诗会酒宴，晚饭时本来喝了许多酒，接着我又另辟战场，叫上一桌人继续喝。

叫上的都有哪些人我现在真的都忘记了，反正是喝得天昏地暗。大家的声音都不觉得大了起来，那情景好像并不是我们这些人在喝酒，而是另一些陌生的男女在斗争或相互取闹。

其间也忘了是什么话题起了作用，平时没听过说什么外语的俞昌雄，突然间竟然一套又一套叽叽呱呱地说起了英语来。我也在自己的醉意中，这不是欺我这个"文革"时期的高中生吗？我大喝一声："你算什么东西，竟乱说什么鸟话！"

他大概被我的话吓着了，竟突然哇的一声哭了出来。

哭得我一时真的蒙了，弄得整桌子人也一下子面面相觑地静了下来，不知如何是好。还好，我又赶紧把他搂住，才算稳住了局面。

　　认识俞昌雄二三十来年，这局面是我完全没有料到的，我至今仍然不明白。俞昌雄是什么人，什么样的大世面没见过？可那一刻，他真的哭了。哭得我一下子从民国跑到了明朝。

　　这只能说，那时的他，纯正的酒意已经促使他跑出了自己的身体，真的俞昌雄已经不知去处，还留在这具身体中的这位俞昌雄，突然受人一呵斥，也不知这个在呵斥他的汤养宗究竟是谁，陌生人对陌生人那样一下子慌了神，只好吓得哭了。

　　有什么办法，酒是极容易让人从自己身体中抽身而出的。因为我们都是人。但在另一个地方，在另一个空间，只有诗人可以借助诗歌在文字里搬动自己的身体，作浮现浮想或者继续眺望着什么。

　　而后身体再次自我凝结，忘却裂隙，或者让坏掉的身体变得更为完整。

　　二〇一二年一月二十三日，俞昌雄在诗歌《盲人，盲人》里又写道：

　　　　我曾经跟随盲人去摸
　　　　另一副身体。我曾经用他的手
　　　　遮住自己的眼睛
　　　　以免看到不愿看到的情景
　　　　有人说，我是看得见的盲人
　　　　我的眼睛并不瞎

> 但我的身体总是一片黑暗
> ....

这就说到了身体的遮蔽及人对自己的身体是否摸得着或者摸不着的关系。

同样地,在《那棵属于我的未来的树》《睡梦中的乌鸦》《他们要去更远的地方》《幻觉》等众多诗篇中,俞昌雄也写到了这些,写到了幻象,也写到了他所具有的另一副肉身。

他在诗歌中习惯企盼自己能借助一种文字里的恍惚感,由谁来把自己创造或带走,即便变成草木鸟兽,或者直接被带走,走得远远的。

作为读者,可以感受到他与自然那种神秘的亲近感,那种贴近的力量,而这,正是他作为诗人的一种存在方式。

这种恍惚感是一直在俞昌雄诗歌里存在着的。他的手一直在摸索着自己的在与不在,近的或远的,或者有时在酒中,有时在酒外。

花了很长一段时间的阅读后,我才发现,俞昌雄总体的诗歌主题基本上都在纠缠着由身体的此岸向彼岸,由肉身向神性追问的问题。他个人的诗歌史也是一部对身体自我清理的过程。

他一直在自己的诗歌里努力地想把自己提升出来,内心的紧张感逼着自己做不断的出走,这是一种具有理想主义者倾向的内心情结。长期无言地与什么对抗着,文字也成了自己最好的中介点。

由此出发，去到自己所要的天边，到自然中，到万物中，那里，才是他百般发问之后的精神之乡。这个从小就与人不一般的苦孩子，他这样去做才是合理的，也许别人也在这样做着，而他已经做得更加合理与到位。

"远者来故地，近者去他乡／我躲在小小的黑房子里／盯着古老的挂钟"——我们都是出发者，诗歌如果还不能令我们相信我们已经摆脱出来，那么借助酒水暂时离开也行。

当然，无论是酒水还是诗歌，我们都在潜意识里行进着，去远方，孤傲地撇下身体这个臭皮囊。当我们已经在无穷尽的那边时，这边才有了受到惊吓的那个爱哭的孩子。

我还得说到酒。

我与俞昌雄喝酒的事是有一段历史的，从他小年轻时亲热地为我加盏添杯，到后来与我喝酒时的声音慢慢变大起来，再到现在的无话不谈。现在我俩想喝到一块儿，更多的是两个人心里共同的需要。

现在，我已爱上了与他推杯换盏后提高分贝而毫无遮拦的乱说话。他现在酒后胡言乱语中不但能看出他的见识，还有隐藏在背后的底气。

俞昌雄还是愣头青时就曾在我住的出租房里石破天惊地对另一个文友说出"同是天涯包皮人"这样的话，而今他能说的何止是这些。

一个人的坏脾气是被自己的涵养偷偷养育出来的。是的，他现在有点儿坏，却是坏得很清醒，坏得很养目，证明他经历了必须的历练后，身体与精神已处在相当饱满的状态中。

他的诗歌也处在这种转化中，文字也已出现了某种坏脾气。

语言开始由开头细心伺候的诸般感觉转到现在的粗粝与坚硬。要紧处语感也会适时地收住与放大，叙述态度也开始做到放浪形骸与不顾不管，一种更大的写作自由正在他手上变得放松与开阔。

一些原本只是属于酒水内并只适应身体的东西，正在酒水外的精神层面得到了他的领悟。他的悟性已经打通了这些。

能敢于不管，便是一种主张，一种主张下的随便要或随便不要。

二〇一一年二月十七日，俞昌雄在《我听见什么东西掉下来》这首诗里写道：

> 在冬天最后一个日子
> 我听见什么东西掉了下来
> 不是雪块，也不是传说中被带走的
> 云朵，而是我身体的某个碎片
> 它到期了，在体内
> 朝着某个幽暗的深渊
> 一个劲地垂落
> 至此，我成为被迫减少的人

> 一个不完整的，渴求共性的
> 一个必须与替代品相依为伴的人

　　看看这口气与叙述的方式，就知道一个人的话语正在朝着自己独有的说话方式落实下来。

　　它没有被公共意识中的词与意拽着走，而是按着个人内心的气流形成，文字中换气的地方完全按自己的呼吸感承接与转合，书写的过程也同时给出了只属于个人独有的气质地貌。好像是：我就这样，你又拿我怎样？

　　一首诗的好，除去其他常识中的元素外，与最后是否能对身体上的气脉打通才算数，也只有如此才算得上这个诗人是不是有了自身的落实。

　　这种语言态势在《一切皆有预期》《终年下雨的地方》《顶梁柱》《当我数到十》等众多篇目中同样地发散出来。

　　这又是俞昌雄近年诗歌的又一个新气象。他的叙述理念正在朝身体发展的方向同步走着，最近我又与他谈到诗歌是需要身体在远处等待的问题，一切的艺术都是与自己的身体同步走的。

　　一个人只有这一生，也只有一次，用完走人。任何闪电式的天才诗人都是令人惋惜的，因为许多事他还无法来得及去做，比如对语言的再加工，对意识的再挖掘，当然更有与自己身体发展的平衡性。

　　而这些，只有些许命好的大师在经久的岁月里才能成全它。

俞昌雄现在望着前方谁的背影也开始朝着这方向做了。他能做得彻底或不彻底，要看他的觉悟，也要看他的运气。我们与其他的人如果也有野心，也无一必须也是这样。

当然，还有个前提，便是俞昌雄的坏脾气还要更大些。

2012-06-06

读书的地盘

我读书的场所跟别人有点儿不一样。一处在大海的水底下,另一处在一座尼姑庵的围墙边。

一切的悲愤皆来自我这辈子再也无缘踏进大学校园了。"我要读书。我要自学一点儿书让自己强大起来"是我每每打开书本时都要默念一遍的话。

萌发了这个意识时,我已经告别父母出来当上了一名海军部队的兵。当兵的第一年在上海海军第一训练团接受了一整年的舰上声呐专业知识培训。空余时间我到上海南京路书店里买到了许多属于大学里中文系课本的书籍,最初只是想了解一下,看看命好的同龄人在大学中文系里,都读到了哪些书。

这有点儿像是在有意地要跟谁赌气,同时也是给自己接受下一项人生的任务,那种谁也不能透露的内心的秘密,一个人对空而战那样一头守到黑。并在后来,不知不觉中深陷于长长的不能自拔的阅读乐趣中。所谓春蚕吐丝,竟不知吐出了一条丝绸之路,说的可能也有这份意外。

后来我被分配在海军舟山基地 517 号导弹护卫舰上当上了一名正式的声呐兵。那时二十岁上下，班里分配给我的战位是仅我一人看守的声呐升降舱，战位的操作非常简单，每当军舰出海需要打开声呐演练或搜寻海底目标时，位于甲板上声呐工作室那头的班长便会下达命令，由我把声呐搜寻杆下降到海水深处，过后再把它上升恢复到原位。

这给我提供了大把的一个人可以做主的时间。几年时间中，都是因了这个与人隔绝的一个人的声呐舱，我在默无声息又自由自在中偷偷读下了许多书。

这个声呐舱距军舰甲板至少有二十多米深，属于整艘军舰船舱下的最底层，从甲板来到这里隔着一层又一层的舱体才能到达。在一个水兵舱过道的一侧，掀开两层铁盖的盖板，再沿着一架垂直的铁梯而下，才能来到这个有点儿神奇的地方。这里也是整艘舰体湿气最重的部位，至今还在严重困扰我的膝关节炎就是从这里落下的。

这就是我当兵时的"书斋"。处在水平面以下的海水深处，只要侧耳听去，四周都是波水冲流与摩擦的声音。一个人坐在这里，边上像有人正轻轻地与自己喋喋私语，仿佛是海底中有人正附体在船舱地板下找你聊天。

当再想到这地方正处在大海下的腹部，便会感到自己已经是一个"沉浸中"的人，没人能看到你，已经与世隔绝，深深的海水那头，有人可以为你做证，却永远是无法相认。

如果我这时正处在阅读中，我便会感到眼前所有值得领会的文字，也会在轻轻的荡漾中进入大脑喧响起来，成为可以融入大海而鼓荡起来的效果。因为这时海水正在你的左侧，也在你的右侧。或者既在你的脚下，也在你的头顶。你，就是在大海的一个房间里读书。大海在上下左右都是你要看到的文字。

更神奇的是，每当军舰出航后，我的阅读又出现了另一种情景。那时，整个人与这艘军舰都是漂浮着的。船在行进，我的阅读也在行进。感觉到在向后退去的浪涌中，有两样东西在并排着向前走，一样是我正在阅读中的书，另一样穿越在波水之间的舰船；而它，也想在一米又一米地阅读着海水。

这让我在阅读中有新奇的行进中的速度。这种速度放在书的章节里，有着整个身心在文字被谁一起端走的感觉。

这种感觉十分迷人，在你与一本书或一段文字共同前进的时候，你分不清是自己带走了一本书，抑或这本书正在把你整个身心带远。你翻动书页，内心中突然有了迷人的幻觉，感到自己同时也在一页又一页地翻动着大海。

这是一种带有双重性的穿越，海水与书也在同时被翻动书页。你必须在阅读中警醒自己，你必须与自己的阅读相互追赶，因为你的阅读速度也是一艘舰船的速度，你所处的地带也是这艘军舰行程中的所在。

我吃惊地发现，这种置身于海水底下的阅读，一个读书人的肉身会感觉到是形同虚设的。因为阅读的当中这个人已经化作了大海的一部分，他的思维也会在整体的海水里喧响着，鼓涌而起或者突然陷落，一切都是随着大海的呼吸而呼吸，灵魂不知是在下沉,抑或飘升。

我实在迷恋这种置身在海水里头阅读的经历,面对文字而海水在头顶劈头盖脑地翻涌而过。一种自身无法拒绝的深深淹没,及阅读中突然又被高高地托起,成为另一种激活,成为另一个人或者另一个精灵,在自己所要的文字里停下或者离去,羽化或者空荡荡。

而后军舰突然停住,靠岸,我从最深的舱底爬上来,登上甲板一看,发现自己的船已经来到了另一座城市的另一个港湾。也像是,大海翻开了崭新的一页。

这种迷幻的经历与感觉,后来都在我的写作中有了深刻的体验。我后来的文字显得那样摇晃及虚实难辨,还有多维的对待事物的视觉与习惯顾左右而言他的伎俩,不得不说都与这段阅读经历所带给我的奇幻的感受有关。

人生的开悟处往往是在一灯即明的暗室,而我的暗室就是这四处都是波涌之声的海底中。

而我还要感谢允许我这样去阅读的另一个人,他就是我的班长,来自浙江丽水的老兵李景华。整艘军舰上上百人中,只有他一人知道我在自己的战位上偷偷阅读着大量的文学图书。大概是同样都是来自农村的原因,他对于我的这种爱好,也是睁只眼闭只眼地惯着和掖着。

但他不知,这助长了他班上这个兵蛋子后来走上漫长的文学道路。如果没有这个独一无二的读书环境,我一生的文学梦当初怕是就要在当兵服役这几年断链了。同时我不知后来的我,所延续下去的人生将会是什么样的人生。

二〇二〇年底,我这位阔别四十年的老班长,终于带着他的太太以及几位朋友来到我所在的家乡霞浦旅游,当他在这里的一些景点上看到我的文字时,才知道当初那位小兵偷偷摸摸躲在船舱底下看书时,便是为了能够写出在今天他所看到的这些文字。

同样,在此之前的两年前,他突然在相关媒体上得知自己过去的战友获得了鲁迅文学奖,惊喜之下也不知从哪里拿到我的手机号码联系了我。班长,你是我的文学贵人。

再来说我的另一个读书场地。

部队复员后,也可能是我有文学功底这个条件,我被安排在本县闽剧团里跟班写剧本。这份工作一干就是八年,直至后来考上公务员调到县文联任职。现在,我手上还留有一本作为编剧的职称任职资格证书。

让我诧异的是,我不知冥冥中有没有谁故意为我编造了一个地址,说我在这个地盘上必须要与这个地址黏合在一起。我在这个素有海滨邹鲁之称,曾是八闽之一福宁府所在地的古老县城里,住下的地方名字竟然叫文章阁。

我来时,这里还遗存着好几座具有欧洲建筑风格的房子,白墙红窗,房子与房子之间连接处有回廊,走廊上连片打开或关闭的百叶窗及室内大多作为摆设的壁炉,仿佛还留有曾经主人的生活品位以及聚散的情景。

一百多年前,英国传教士曾在这地方留下了一所爱婴医院。现在一半作为县医院的宿舍区,另一半则是县剧团的地址。

我住的那座房子算是整个团舍区的主楼,原因是楼房四周都留下了开阔的空地,建筑物的地位历来是不与谁拥挤在一块儿。走进这座楼,必须先经过一个悬空的吊梯,走过时就有一种要与尘嚣隔绝的使然。我见到它时它就老了,由于年久失修,走上楼时,整座楼便会发出吱吱嘎嘎的响声。

楼上只住着五户人家,其中一位是刚刚退休的剧团老团长,我的宿舍就在他的卧室对面。

吱吱嘎嘎中,我发现这个房间里竟然也有一扇百叶窗,这真是好命。我就在窗前安放了一张书桌,墙边以及床的一半面积,用来摆放自己带来的许多书籍。

安放好相关生活物件后,我嘴里蹦出了一句某部电影的台词:"准备战斗!"说完这句话我又立刻发现,百叶窗的下面有一道围墙,墙那边竟是一座尼姑庵。并且,在这扇窗对面不到十米的地方,就是清一色的比丘尼们念经的道场。

由此开始,我这边的读书写作与那边的晨钟暮鼓有了长达近十年的隔墙而居的生活。仿佛彼此仅隔着一层薄薄的空气,却从来不曾有问候与交往。

这座名为柏翠庵的庵堂我不知道为什么不是远离人尘地在泉林中听风听雨,而是挤在市井里与俗世为邻。它最初的建筑年代史上无从稽考,《淳熙三山志》及明万历年间版的《福宁府志》始有稀疏不详的记载,清乾隆四十一年重建过一次,民国初该庵的主持若观法师又做了较大的修缮。

我想，最初有它时，边上还不曾有民居侵凌。而后，时间把一切又掺杂到一块儿了。

这样一座始终不知其身世来历的比丘尼庵所，与我这个因命运随意的安插而到来的人突然隔墙居住在一起，如果不是一种冒犯，那对于后来成为一个诗人的我而言，又何尝不是一种上天的安排。

以此开始，我与这座庵堂有了两边各自的功课。以尼为邻，当时刚刚步入二十岁出头的我，开始进入一番刻苦而自觉的半自闭生活，一边听着晨钟暮鼓，一边打造着自己的男儿身。

我这边有从不歇下的读书与写作，另一头则是每天早晚永无漏过的拜佛念经。他们的佛事都在早晚既定的时间里很规范地举行，或集体诵经或依次走场，每每看去，那场面都别有一番热闹与气场。而我这头则反而显得有些孤清，只有一个人在静寂地做下自己要做的事，阅读自己要读的书。

相比之下，我这边反而像深山老林里孤零零的破庙中一个人的修行。我的身体也是一座自己的庙宇，住在里头修身的人只有我一个人。而围墙的那一头，则是相拥相伴的出家人，可以互为依托与倾诉，在清寂的人生中得到另一番的取暖。

每一天的凌晨四点左右，围墙那头先是响起几声清幽的钟声，接着便摇起一阵类似于集结的鼓点。再接着，随着住持领头的一段诵经声，他们集体的声音便在四下应运而起，一天的佛事就此开始。

开头，我很是不习惯在睡意正深时就突然被一阵钟鼓声和诵经声吵醒，但谁说了，邻居是不能选择的。我只好被动地跟着起床，放开自己昨夜睡之前打折的书页，或延续耽搁在书桌上的还没有完成的写作。有时还会在嘴上嘟囔一句："真是你我的好时光。"

久而久之，就像身体来到一处新地盘而服了地气一样，这也成了一种"闻鸡起舞"。

凌晨的某一刻，自己就被来自围墙那边钟鼓声提醒，你的时间到了，请回到你的书桌旁。仿佛这个时刻也是神性来临的时刻，坐在百叶窗这头的我，身心无意间也加入一场针对心灵的修炼。这修炼，在空间上隔着一堵墙，但细细想来，那还是一道墙吗？

后来的人曾在对我的访谈中屡屡问道，四十多年来坚持凌晨四点钟起床写作的动力是什么？我说哪里有什么动力，我只是被一所尼姑庵的诵经声养成了这个习惯而已。

同时，看到隔壁墙的僧尼们那种日复一日不懈地埋入自己信仰的行为中，我也为之感动地养成了自己的某些读书习惯。比如每晚看书有了睡意时，我给自己立下了一个规约：坚持再看十页。后来也才知道，许多书就是在这坚持再看下来的十页中读完的。

这形成了一种速度，也形成了一种读书的方式。从单一的攻取到后来浑然性的左右辨析。

在自己的速度中，我感到许多书是无法细读的，我就不求甚解地读了一些名著的目录索要集。至今也有人向我打听："你写那些诗学随笔的本事是哪里来的？"他们不知，我那时还读过一些西方文论，甚至对一些哲学词条，只读它们的词条解析。简介式的一个词条中，却可以打通一种思维方式。

我至今仍认为，对于一个诗人，这样读是完全可以的。有时关键性的一两句话，对诗人来说就是一本书。粗读与细读中，作为诗人的我自有自己的法则，所谓的认识事物的单刀直入法与曲径通幽法，在诗人这里则往往有另一把钥匙。

那时读书我还喜欢在书籍中写些即兴式的感想与心得，或者条条杠杠地画下许多记号。

这些记号，就是当时心里或思维中的图像，或叫蛛丝马迹。我收藏的一些书，有一些是至今不敢面示于人的，早年间在书里头做下的记号，或随性写下的几句心语慨叹，或疑问或狂怒或喜欲狂，至今自己看了，也感到愕然。

我记得，我应该是在当地我那个年龄段中，最早接触到叔本华、尼采、康德等一批学术上处在灰色地带哲学家的青年。当时内地还没有公开出版他们的读物，我们之所以能读的到，是省戏剧研究所作为参考资料，专门为我们这批编剧队伍从台湾那边翻印过来的。

那是伟大的二十世纪八十年代，许许多多的禁锢都可以打破，现在看来都很是平常的东西，在当时要与之发生亲密的接触，却需要一番勇气与条件。并且，越早能领悟到它们的精髓，越能作用于对自己生命的认识，现在想来这些书简直是额外的营养，并无疑在新鲜的见识中打开了我人生中额外的天窗。

那时，我领到的临时工性质的工资每月只有三十来元，读书中感到这也是一种对生活的抗争。面对诸多可以沉浸进去的文字，生活之重与精神上的拓展在当中成了鲜明的对比。

记起那扇百叶窗，记起那段茫然无依中独自苦读的日子，这里还必须提到一个人，一个与众不同的尼姑。

在围墙那边，她除了在晨钟暮鼓中与众僧尼一起参与集体共同的庵堂佛事，每当集体的功课结束后，她都要单独地另起炉灶继续个人的念经拜佛活动。仿佛她在黄卷经书中还有更多的跋涉，仿佛非这般便无法去除内心中的其他杂念，仿佛只有对自己做下加倍的功课，她才能拔除俗根石上种莲般得到摆脱及超度。

佛堂正对着我这扇百叶窗，她不停歇的木鱼敲击声与念经声，给我的阅读或思考带来了额外的困扰。有时，我还从她的诵经声里听到她内心里出现无法抑制的紊乱，这时她的木鱼声便会失去节奏而碎了一地，本来缓急有致的声调也因无法自控变得有些声嘶力竭。

难道，作为一名遁入空门与世无争的比丘尼，她心中还有什么需要再追赶的吗？

或者，这个晨钟暮鼓中想努力超脱出来的人，内心里也有什么还没有打通。当我这样来想她的行为，突然感到自己与她有了有趣的对比。

当我伏案在围墙这一头的百叶窗下做着自己的文学功课，便知道围墙的另一头，也有人在刻苦地做着另一门功课。那庄严的木鱼声与诵经声仿佛也是为我响起,两个人正在墙内与墙外赛跑,耳畔的经语及内心的气息虽然迎着各自的坡度,但可以肯定的是,努力的人也是向命争夺什么的人。

这像突然多出来的对手,那边每每传来的敲击声都在提醒我,自己做功课的时间到了,你不可懈怠,你跨不过去的沟壑有人正在跨越,而压在心念上的盖板,你不掀开,别人在另一头就会掀开。

这也让我有了自我认识上的压力,有时我也有阅读中的分心或者写作上跨不过去的门槛,于是,我也终于理解了围墙那边,击木声为什么有时会那般凌乱。

对应着这一切,我突然有了超乎平常的阅读速度。我似乎掌握到快读的要诀,练就了可以一目三五行的阅读法,并在过后,还可以说出这本书的许多细节。全不像现在,读下一部书,要花费比过去多得多的时间。想想也没什么过错,过去读书着重点在于内容与大意,而现在,侧重点只关注这个作者在如何表达。

内容与意义在我现在的年龄都有现成的,只有表现的手段才是永远的迷宫。在各式各样的迷宫中,建造者不同的手段显示了人与世界之间不同的精神关系。

再后来,我发现自己的阅读慢慢跟上了她的木鱼声,那向着无边无涯中传递的经语,有时还延长了我停留在书页间文字里的思考。那里肯定出现两条相向而行的路,没有任何约定地,她在经文里走她的,我在俗世中则找到了另一条属于我的

| 182 |

路。或者，那本来就是同一条路。

我接受了这种成全。在这个尼姑安静或者乱掉的木鱼声中，我所面对的手里的书籍与墙那边的经卷，两者的界限已经变得有点儿模糊与相互容纳。这里头，博尔赫斯的裂变与虚实有了可感的线条与形状，维特根斯坦的可说与不可说确立了我多维的语言信念。

也就是在这个叫文章阁的院落里，那座四方形的白色外墙中的一扇百叶窗下，我写下了人生中第一批被外界承认的诗作。那是连续发表出来的一组组描写海洋及反映闽东原生态的疍民连家船生活的组诗。

记得著名诗人公刘读到后便与刊物联系打听我的下落，后在《文艺报》及《文学报》相继发表评论文章，对我的这批诗歌给予了高度评价。在《文艺报》上大半版的专文评论中，他甚至很性情地以"他也是一颗海王星"做标题，对我在诗歌中的写作表现及努力的写作态度，做了非常热烈与爱惜的赞赏。

我何等幸运，在自己的写作刚刚起步的时候就受到了名家的赏识，包括接下来本省老诗人蔡其矫先生对我一路上的提携。这些是不是与我寄居的这座名叫文章阁的地方，这座经历了近百年的英国人留下来的老房子，这扇百叶窗，以及百叶窗对面围墙那边的诵经道场还有当中的某个尼姑，都有某种关系？

是的，对于这近十年的读与写，我内心里一直有着致敬与致谢。

在那个年代，在我们这些生命降落在二十世纪五十年代这个时间单位里的人，中国的高考政策恢复后能跳入龙门进高校学习的人，都属于凤毛麟角。当中的绝大多数人，要么彻底灰心丧气，永怀绝望又心有不甘地去操弄别样的人生；要么像我一样自以为是地依靠自学来补上生命中的这一课。

他们都是这个时代的落花生，小小的花瓣自怨自艾地贴着泥土朝下打开，人们很难遇到并看到它们的花面朝上绽放的机会，见到的都是一头埋在泥土里偷偷结下一种叫泥豆或土豆的果。

后来我又深刻地体悟到，其实人生到处都是学堂与书桌。所能读下的书又分成有字的书与无字的书。在某关节上，那些无字的书甚至比有字的书重要得多。天下有多少专读无字之书的人，远远胜过那些表面上学富五车的人。让人活下去的道理总共就那么几个，而能把这几个道理读透悟透的人，却总是寥寥无几。

我曾在一首诗中是这样表达自己与大学之间的关系的，我说没有大学，我就是自己的一所大学。我是我自己的校址，也是自己唯一的学子。不是牛头与马嘴的关系，也不是母鸡有意生出了鸭蛋，而是天下所有学府做学问的大门边，都暗中另外藏有一把钥匙。

这把钥匙有鬼名堂，却又偏偏让我摸到了。

我偷偷摸摸地对自己另起炉灶，并打通过几门功课，比如练习了隔空抓物辨识虚空的手段，能把一句旧话重新说得像第一次说出一样，同时还是玄学中的高手，能顾左右而言他地指鹿为马，认出空气中谁脸上的几颗小痣。同时，把这种看到与说到，说成对谁合理的冒犯，说成对自己这段失学经历深深的歉疚。我对自己说：我必须跟你学。也对自己说：你必须让我教。

我庆幸，我摸到了那把钥匙。

前些年，我又从原先通往文章阁的那条小巷经过，发现那片英国传教士留下的老房子已全部变成了新的楼群。那里已风物不再，改建成一所县城中学。而柏翠庵依然是柏翠庵，它依然行使着在时间中养出来的性情。

2021-03-09

幻美的远行者

人间有些人的远行注定没有最后的消息，但他的行为是幻美的，他与我们挥别，带着我们的揪心与眷念，每天海上的云彩会带回天边那头的心跳，却最后失去了消息，只有我们与他之间留存在心底的愿望依然在海天交界处的云彩间燃烧着，仿佛那是假的，但每每在虚无缥缈处勾连起我们的一份牵挂。

这座岛如果与陆地连成一片，它古琴般的形状，它娃娃鱼般的细腰，"鱼"尾部若隐若现于海水中通连陆地的神路，海面上一年四季亦真亦幻的海市蜃楼，以及发生在它身上的自古以来不可问的无数传说，就不可能如此独断地在千古的视野里独立出来，而成为人们争相探究的诱发幽思的所在。

刚要上岛，我就指着岛上茂密的树木说："这是我的！我要在这里当个岛主。"话刚出口，我便被自己这个意念吓了一跳。难道每座孤岛冥冥中早就有一种天启，让人萌生出一种与天涯那头的谁终生守岛相望的愿望，化为石，不回头？

这座岛名叫秦山岛。最早令这座岛成名的，是秦始皇。令这座岛在自己的名气上显得扑朔迷离,并带着一展宏图大愿由此带出一个大船队,东渡进发以期回报天朝家国的,是徐福。

两个人都很任性,一个放纵于集天下为一人所用,另一个则心翔云海山水之间,惟知栖身之处即是故乡。那时的天下高士罗集于六国最后专事一秦,而唯一能众里挑一,取得秦王信任并被委以大任,并借此实现这个千古一帝内心梦想的,只有徐福一人。

作为集学与术于一身的方士,徐福早有一展浑身气血图报天下与朝廷的宏愿大志。我们登岛后站在岛的高处向东眺望,仿佛海面上远去的船队也是我们的,我们与秦国为船队送行的人群已融为一体,我们也指望船队中的引领者能早日采回救治众生及可得永年的仙草,带回东方那一头的消息。而海面鼓动的潮水也在水浪相涌的喧响里,懂得我们的心意般柔声细语地应和着这一宏大的盛事。

我们一行人上岛后,立即被岛上布局别致以及处处可见的规划者用心用力的精制所夺目。在感叹这座现如今从废弃的军营原址上修饰一新的全岛风貌时,自然也要议论到当初秦始皇假道游水出巡琅琊等六郡,两次登临此岛的经历。

来自《太平广记》里的一段文字里这样说,做了皇帝又想能长寿成仙的秦始皇,来这里的目的是听说西域大宛国有很多冤屈死的人抛尸野外道旁,有些鸟衔来一种草盖在死人脸上,死者就立刻复活了。官府把这件事奏报给秦始皇,秦始皇就派人带着那种草到北城请教鬼谷子。当秦始皇已平定六国，一切尽在掌控之中，一切都尘埃落定之后，年近不惑的他内心里有两个愿望：一是人生如何才摆脱生老病死的循环怪圈；二是借助这种长生不老药与天下苍生一起，共享太平天下。如今，这棵救命的稻草终于出现了。

鬼谷子说那草是祖洲的不死草，长在琼玉的田地里，叶子像菰米，不成丛地生长，一株不死草就能救活上千人，秦始皇听后认为这种不死草一定可以找得到。于是，徐福便在这个千古一帝的愿望中上场了。鬼谷子说的是与不是，暂无定论，但它为日后浩浩荡荡东渡的故事，展开了波澜壮阔的伏笔。

朝廷在铺设下这一切时是极端虔诚与要紧的，而术士出身的徐福，其内心长期修炼而成的念想与帝王的所盼可谓一拍即合。

我们姑且不要把秦王的这种动机与今天的文化进步做简单的评判与计较。但在那么早的人世，一个帝王心怀有如此天真严肃又情怀高迈的动机，是值得何等称颂的具有心学与美学同等价值色彩的一桩佳话。有秦始皇在，必有这种长生不老草在。而有没有这种长生不老草并不重要，只要秦王念念不忘的这种情怀高蹈的念头一日不灭，这种草就会以各种理由生长出来。并且一定是长在那种虚无缥缈罕有人迹的地方。那地方具体的位置就叫中国帝王文化的理想依托与民间百般的山呼海应，更是各方江湖术士印证自己学说与梦想的地盘。这种相互间的呼应，随便翻开历史上的一页比比皆是。

徐福是鬼谷子的关门弟子，文化上的血缘关系及对方术熟稔的热衷，也必须使秦始皇理由十足地派他去完成这件大事。正是这位徐福，两次踏浪重洋身负一个帝王的期待，又最终杳如黄鹤如泥牛入海再无回到自己的家国故土。

整个的行为有如完成了一次幻美又虚置的想象，用生命扑向万世弥漫的空气。空气中有朝廷与家国十分要紧与魂牵梦萦的情怀。尤其是第一次远渡回来时，秦王已经有点儿等不及了。他在此之前，已经在长安坑埋了四百六十多名方士。这是一种迁怒，当对远方的期待久久无法得到回应时，秦王唯一可以平息内心的焦灼就是杀人，而且杀的都是入道的方家术士。

徐福在这关头偏偏又回来了。纵有三千条理由也无法说通的是，秦王竟然压下了心头气焰万丈的愤懑，在听完徐福的一番回话后，又再次答应了他的要求，派出三千童男女及百工巧匠技师、武士、射手五百多人，装带五谷种子、器皿、淡水，备三年粮食、衣履、药品和耕具，打发他再度入海求仙，以取得那传说中的长生不老药。

大是与大非在这时已全然没有可分辨的空间，人心的急促又简单，这此处就叫孤注一掷。秦王与徐福再一次一拍即合。这也叫服从于头顶彼此一致的大念头，悠悠万事，当内心别的心眼全部被堵死，唯一念见天地时，没有一番别的什么是可以与这个大念头争大小的。

作为千古一帝心雄气象万千的嬴政，之所以在这件事上搁置自己的烦躁与霸道，只能说自己太过执念于心中那个虚空的愿望。

我们可以想象，当初也是在我们今天脚踩的这片海岸上，那场景绝不是我们这般轻轻松松有说有笑地把时光消磨得如此的漫不经心。那个正要出航的船队场面是何等壮大，而坐在船队最高"领航"位置上的徐福，此时此刻的内心又是何等翻江倒海又不与人说。

秦山岛那天每一阵推涌而来的潮头，都让他一再提醒自己：天命在身，这次一定要完成大任回报天朝，以证明自己作为方士的道与行，道与德，道与理。而冥冥中难以违抗的是，这支秦王赐予自己的船队，却似乎有与天地难以迎合的终极航线，最终，它带着弘誓大愿嗷嗷出征，箭一般射出却一去而再没有躬身回朝。

作为一心想在世人面前一展身手的方术之士的徐福，我们再也无法得知他在海的那一头，到底遭遇了什么。

或许，他在离岸的那一刻就认定，自己将会成为千年后谜一般的人物，被人这样议论与那样议论。可人事中总有人一定是要作为一个幻美的远行者，走向那条不知有没有归宿的路。茫然无措，又志在必得。仿佛在那远方，生命中的没有结果就是最好的结果。

为了这虚幻的无为，最值得认定的，是与自己相成就的徐福这个名字，作为一个精通辟谷的方家，一国之事竟交给了天地间无依无靠的他一人来承担。

拿命一搏，只为了心中那个梦想。三千童男女及百工粮种等，都同为这个梦想而赴约。除了这，徐福万念已解脱，终于杜鹃啼血无归期。

据说秦王后来又几次来到了这里的海边，苦苦等待着东海那一头可能带回来的消息。天水渺茫，人各一方，时空里并不给这个也带有幻美情怀的帝王一面回音壁。遥望海天一色，秦王或许终于获知，有一些东西原来一直是没有的，却值得继续为它苦苦期许与等待。

历史上有三个道学家最后的下落杳如黄鹤，他们是老子、鬼谷子和徐福。

他们已彻底地脱离了世道上的问与答。我们不能问，也再也无从问起。

2019-09-03 改

丽 水 行

十一月二十六日至二十九日这几天我特别忙。也许是二十七日这天吧，我在龙泉市，也在明朝，在时间的皮肤上进进出出。

我已经落身在曾芹记古龙窑做一名尽职的泥瓷工，在这里娶妻生子，接受朝廷的布匹、粮食，我不糊涂，看紧着自己一生一次性的手艺，不与别的林林总总的青瓷工艺匠纷争，我越是装作很庸常的样子，越是与时空深处的工艺秘术有着无法厘清的关系。我已提前知道，无论过多少年后，他们还要回过头来过问我的手艺。

许多女子特别青睐由我烧制的杯具、菜碟、香壶等，她们会偷偷跑来观看我用在瓷器上的描绘术，那多是在进窑前的瓦棚下。而夜里，有人还偷窥过我赤身裸体躲在密室里摔泥与搅泥的劳作，从泥土到瓷泥的过程中，我的身体一般都是处在汗流浃背的状态。只要一听那窗外飘过的一些小曲，就会辨别出那几双谁与谁的明亮水眸。

各种工序中让我最放松去做的是上山伐木与进窑后守在窑前伺候着窑火。我尤其喜欢把粗大的树木伐倒，用的是一口气的蛮力，相当于一次次把一个大汉放倒在脚下的成就感。五六百年后，后人们再也没有在这一带山头见过神一般的古木，他们不知道，这是被我伐过的。而守窑是慢活。窑火何时要文何时要猛，除了用计时，除了给龙窑祖师烧香，更要靠自己的感觉。候在窑前的心境一般人是无法体会到的，你会想象着窑火中的每一件瓷器都是活着的，正在各自往东走或往西走，正在变成你所想象的样子及色泽被落实下来，这过程的神圣感与神秘感，只有一个窑工才知道它的好。

而在窑面上，我和施占军两人正在与曾芹记古龙窑窑主曾世平梳理探讨要不要送他儿子去读书的问题。曾世平是曾芹记古龙窑第七代传人，他儿子未来无疑属第八代。小子十岁，就会捏瓷器，正在上小学准备读一番书。我莫名地判断这未必是好事，全忘了自己仅是个过客，并取之作为自己家里的事来做很深沉的拿捏。施占军说小孩还是要送去读书的，如果他家里有你这样的一位私塾先生倒是可以。

我心里本来就想说我原本就可以做这小子的识字匠的，可嘴上还是说，作为龙窑的传人，没有一位先生可以比他父亲教给他更多的东西。我通常见过许多饱学之士，可他们的笔下全无。制瓷靠的是一生的手功与手感，用一生相叠加的技术来反对其他人的技术。任何人都无法走进这个人的时间里，无法以他的骄傲来体验与模仿那技术上的巅峰状态。而这个人的手艺是用一辈子来完成的,过后走人,换一个另外时空中的谁,再来一次。这里强调的是:一次性。而不是一本书,许多人可以轮流来翻阅。书当然是可以读的,关键是许多书都有"毒",许多很聪明的人后来都读书读傻了。这孩子将来读了书,要是把他祖传的窑火烧成另一炉窑火怎么办?

我们探讨这些话题时幸好没有更年轻的人在场,不然,我肯定要遭遇到更多的反对者。这完全成了一个过客在这里刁钻地抢话题,也让我的身份一下子在更深的疑问中沉隐下来,我由此有了隐与显,隔与不隔的关系。恍惚之中,我也成了在这些山冈上谁的男人,谁的儿子,他生命中积累下来的技艺,分别有了这个谁与那个谁的三四个身子在完成。当中一个真真假假的我,还散发着这一个与那一个不同的气味,在这个城南与那个城北,身携不可告人的炼金术与青瓷配方。

说到炼金,则是在第二天的遂昌。那里唐代就有金矿,明代的那座,因在县令汤显祖手上有了特别的深度。

我与朱零、周晓枫他们几个谈到自己的名字与汤显祖竟然是一个对子。一个养,一个显;一个祖,一个宗。似乎已除却了他的朝代或我的年代。一来到遂昌,我开始暗中注意到自己行走中的影子,在已被作为游览区的明代金矿隧道里,在细雨迷蒙潮湿间的深山石径上。当初,汤显祖一定也是这样走进来的,自然还有一个县令的身份,怀揣着高蹈的诗情及胸头特有的一块魔镜,同我这样在隧道里探究着金石与人世稀薄的精神结晶体是一种什么关系。我想,全天下的诗人与采金工所干的是同样的活。

我欲辨已忘言,还遇到了几个采矿工,他们对我提及了近来朝廷的金税越来越重的事,我烦这些话题。也在小巷红楼填词作赋,与软玉粉香们对酒哼起能否换浮名浅斟低唱的小调。后来我真的提靴丢官走人了。我走人主要是朝廷在金税上越来越不像话了,好像这里遍地是金,全不顾矿民们在井下的劳累与死活,我既然不能为子民们好,那就是我不好,我只好走人。我一走那里就发生矿难了,这事还被史料记载了一笔,他们说我运气好,无官一身轻。其实我走的原因还有个更宏大的原因,那就是要找个整块的时间去完成自己的剧本《牡丹亭》,在人鬼之间好好地说一番自己心里的事。一切都是要按所规定的程序出入与明灭的,这出戏后来被流传了下来。

多少年后,一个叫汤养宗的小子也摸到了这里,年轻时他也在一个戏班里写过八年的戏本,当地演戏的人都叫他剧师,但他没有《牡丹亭》。他是自己宗谱里的第三十六代传人,这是前几天他村庄一个专门负责家谱的人特意告诉他的。他被朱零叫到这里,提供逛风景,与人同游,同谁偷偷说话,也写一写这里的风物与人事。他一脚深一脚浅地走在一切看去都似曾相识的山地里,对一些古木与一些庭院特别显得有他乡遇故知的感念,并一路想到,他如果万一在一队人马中走失,是不是也算正好回到了自己梦中的家乡。

他在我的辨认中又被认了回来。身体的与精神的,都经历了一次轮回及缝合。就像我在龙泉市宝剑博物馆里就众多的龙泉剑与什么是名器的问题与人展开过对话，认为宝剑与名器之间还是具有一段距离的，真正的名器应该都沾过血迹，不然无论它们被锻造得多么漂亮还是停留在一块铁片的意义上。只有沾上血，这把剑才经历过真正的淬火，才有立身与立命，就像武士们的投名状，说我从了。我想我在这里也是沾过血的，一种精神血缘上的血，并把自己也给认了回来。原因是在相似的淬火中再一次被全身通红地插入记忆的清水里。也说，我认了。

这真是一次精神的回归与神游。出福建时我就有预感，在福鼎与苍南之间闽浙分水关交界处的沈海高速公路上，不断有告示牌在警示出行的人，这里与那里，因事故已经夺走了多少条人命。好像出福建的人都特别容易走失，好像我这次出行也很惊险。惊险还是发生了，我在丽水的山水间也差点儿走失，为什么是走失呢？去过，并经历了魂不守舍与不能自拔，经历了不知今夕是何年，经历了风物依旧人面新，或者是我旧，风物新。

2013-01-10

回舟山，回到我的群岛

小时我老家渔村能去沈家门打鱼的汉子一般都有两个以上的女人。一是代表了他走在浪尖上的强悍。二是可以从宁波上海那边带一点儿布料羊毛线回来，这些在当时都是抢手货。继而，这男人也成了抢手货。一个男人去过沈家门了，这是一个标志。

三十年后，我回来，我的群岛还在。怎么是还在呢？一直认为，这些群岛是一群排列着的水鸟，保持着神性和水性。像一群人在海面上散步，说停住就停住。也像星粒撒开，有不确定的梦的形状。

我曾在这里当兵，有我的护卫舰，我的码头，以及在这里被我用掉的青春。当初是一个人坐着船从上海来到定海的，吴淞口海军训练团同在一起的中队一百多号学员中，就我独自被分配到这个群岛上来。班长在码头接我，金华人，几年后也是他在上海火车站送我复员。这让我对浙江人具有本能的好感。在码头心里滞疑了一下，又一下子看到了从来也没见过那样多的渔轮和军舰。找到了自己的母舰517。有了新人的不安与谦恭，怕舰上的老兵对自己印象不好，卖力训练，也抢先去做打水，拖地板，洗碗一类新兵应该做的事。第一个星期日请假去了定海，一个自足、新鲜而略显得封闭的市面。像岛国，姑娘们肤色都很白。我那时还处在青春期。

我一再对同行来的作家们说我是个归来者，就是说我当初如果在这里留下来，我可能已成了这里的土司。或者以我头上现有的白发做证，我已经在这里生儿育女，故乡分配在我身上的血液又在这里找到它再分配的方式。我那时有一个不能张扬的秘密，一有时间就往定海文化馆的借书处跑，那里一个比我大七八岁的少妇与我特别聊得来。高挑，知性，迷人。那时能聊到安娜·卡列尼娜的人不多，可安娜·卡列尼娜成了我与她亲近起来的话题。一个外乡来的少年，遇到了类似于太阳月亮之外的第三种照耀。

诗人荣荣驾着车载着我和小说家蒋子龙老师直接从宁波径向沈家门奔去。荣荣私下告诉我个小秘密，她一上高速路就想瞌睡。我只好坐到副驾驶座来，一路上一直用最刺激的话题斥退她大脑皮层企图跑出来的一切瞌睡虫。荣荣不可能知道，用高高的跨海大桥上环穿过舟山群岛是我心里所没有准备的。我当兵时在导弹护卫舰上的战位是在声呐舱，在海水的水平线以下，那时，从这座码头到那座码头，从这座海岛到那座海岛，我都坐在自己的战位上，宛若使用了海底的时空来到每一个新地方。那时与我同龄的许多人都已通过高考走入大学，我意识到自己再没有机会上学了,很沮丧,买了文科所有的教材藏在声呐舱里读。那种在阅读中感到波浪在脑门顶上劈头盖脑奔涌而过的经历,至今依然令我激动不已。

荣荣问我:"你过去的码头在哪里?""在找,但找不到了。"何止是码头找不到,连我过去出入的城郭也没有了。听第二天后找到曾也在我部队服役的诗人白马说,塔山那边的军港现在以你我的身份是进不去的。这让我伤感,有人面不知何处去的内心跌宕。过去下舰从码头出来,那是何等威风。如果在冬季,身上的水兵制服与脚上的皮鞋更是让我们长精神极了,我们会把皮鞋的着地声踩得更重更响些。姑娘们也爱往我们这些水兵身上瞧过来,选兵的时候,我们作为特种水兵的身体条件也比一般小伙子更好一些。现在沿着跨海高速桥所有穿行而过的岛上高楼林立,如在别的森林。以致我有错觉,过去那么多渔民,他们如何住得惯这些接近白云的楼层?他们可是习惯睡于浪尖的"晕陆人",过去出海训练时间一长,上岸时我都会感到码头仍在左右摇晃。

沈家门正在举行第七届国际"开渔节"。沈家门担当得起,国际上的三大渔都现在也只有沈家门依然是名副其实的渔港。大小岛上的舞龙队不计其数,精壮的渔汉们把自己的龙队弄得像海上的波涛此起彼伏,风生水起。而桃花岛已开发成以金庸小说为背景的旅游地,这种借题发挥已经让这个早年人迹罕至的荒凉小岛声名日隆。普陀山我是第一次上去的,设计者们有尺度,没有让跨海大桥与这里连接,不然,外来的喧嚣声肯定要迫夺了这里无与伦比的境地。寺庙里的一个和尚会写诗,也写小说,是荣荣的好朋友,他给我们一行作家诗人当导游,对寺院门前楹联中的"三惑"两字解析是人生要把持住的"身、语、意"。在桃花岛,我们看到有的村落是空的,渔民们已经为了子女们更好的上学环境搬迁到集市去,那些空下的楼房都很漂亮,作家龙一感叹:"悲壮。"而更早的年份,另外从这些岛屿"搬迁"出来的诗人有:食指、舰平、江非、陈骥才、白马,还有我等。这些人都在这里当过兵,他们也从这些岛屿间"漂移"出来。对于我,我与一些岛民一样,有一些生命里的根是相连的。

我站在更高的桃花岛尖顶上俯视群岛,沈家门、岱山、嵊泗等名字一一从我脑间飘过,它共由一千三百三十九个岛屿组成。它们多像从祖国身体中走出来的一些骨骼,让人有了眺望。而夜里有自己与朋友们间的水酒,我们又像是从身体外,一块块把自己的骨子再找回来。

2011-11-20

宜兴别记：天下之器及天必废器

十一月八日。乙未立冬。宜兴。要摆上来的本是十一把壶，结果只有九把。没来的两件是两个人：白连春与刘德吾。白连春身缠怪病。浙江苍南的刘德吾若干年前的某天夜里在我县与福安市的高速公路交界处随车祸碎了一地。几天后我出省参加过他的葬礼。

事先，召集者王学芯说，二十三年一相逢，来不来，你自己看着办。

地点选择在陶都宜兴，与当初我们相结识的北京卧佛寺一南一北。当初诗刊社举办每期的青春诗会，意在集国内初露锋芒的年轻诗人们同炉烧造，如今转在江南相聚，地点选在具有五千年制陶术的宜兴，仿佛惦着某种手感，问什么还在与不在，倒有一种神意上的妙合。看管我们这一届十一位学员的两位指导老师都没到场。李小雨老师已经去世。邹静之老师约稿缠身，也无法赶来与我们这些老弟子见个面。

我拖着行李正要上电梯，阿坚下来，这个当初被我们第十届青春诗会全体同学恭为班长的人，在我眼里一直是京城的独行侠与大地上落单的怪兽，头发明显白多了，眼神里有了更多的风霜。大厅另处的四个人，王学芯、洪烛、陈涛三人一眼就能认出来，凌非却胖得判若两人，这个年龄最小的人，时间在他身上走了眼。我毫无才气地发现，大家都老了。

天下之器是为了备用于天下而造就成各种形色的。而天必废器。想想所有的炉边窑前，必有无以计数的废弃残片堆积成渣。更无常的时空里，则不时发出意外的碎裂声。太多的失手让器物们命悬一线，磕碰，温度，一时的意气，大手大脚中，都可能导致一件本可流芳万世的器物毁于一旦。毁时一声叹息，而下场多是垃圾桶。

凌非说现在活在他躯体里的命并非他的命。他昏迷于京都被送进医院抢救时，会意识到自己的命魂正在抽离自己的身体。

这让我又回到二十年前的卧佛寺，来自青海的班果对大家说过的故事。一少年随父亲入藏朝圣，路遇强人，父被弑，少年在饥寒中醒来，发现腹上留有一道长长的刀口，却意外获得了能唱下整部《格萨尔王》的能力。天地有融合，当一个人开口，我们发现他改了声音。

阿坚现在已可以在他所在的北京社区里依靠领用基本生活费用于打发自己的日子。这个当年恣意游荡于天下，写书教人如何徒步进西藏的人，现在终于被身体外更大的东西看住。在精神里他用的还是自己的命，而更严厉的另一条命正回过头来呵斥他，责令他静动之间必须好好地安放好自己。在这个阿坚与那个阿坚之间，篡位是经常要发生的，它们起于何时，甚至也无法让我们深究。

那夜喝酒的桌面，他与蓝蓝重新唱起了那首当初作为我们诗会会歌的《走西口》，声音依然浑厚宽大。他还随性为大家唱起了多首国外的咏叹调，也就是这时，我会感到生活还没有彻底损坏他。他还是一器，只是被安放在光线稀薄的背面而已，不取不用，并不是无用。

而用，多要担当碎裂的风险。所谓损尔周折，正是这个道理。想起早逝的兄弟刘德吾，生前是苍南文联主席，承办过几届青春诗会，一时，他的地盘成了诗歌界的一个重地，然天意弄人，不意竟身首碎裂于他乡异地，令人唏嘘造化的残酷无情。

器皿都在造与用，人也是。而损害又分成了躲与不躲。更多的人无疑选择了躲，在躲之下跟随时间老去。用就得产生相互的力，类似于你死我活。也有例外，一些器物，所用之处列于嘈杂的环境中，从高庭到市井，险象环生却无损其形其性，优游于劫数之外。

十一位同学中荣荣的地处生态环境最宽厚，在长三角交界处壤接江南江北，八方来风且自身诗艺日深诗名日隆。这几年我几乎每年都要与其见上几回，每次见面都能感到她身上散发出来的蒸蒸日上的气象。岁月的积累与诗艺的到位，正让她恰到好处地赢得公认的诗歌地位。她身上具有江南女侠士的气度，也可能是这气场为她铺开了自己纵横捭阖的人生空间。

班果第二天下午就提前赶回到他的青海了。卧佛寺时的那位爱讲西域奇事及爱唱歌的青年，眼下一见面就能给人一种练达持重的中年雄风，他身上依然带有当年的雄浑之气，能感到他正在省略地生活，却又在一两句话语中透露出非常细致的处世情怀，成事者大抵都具有这种大开大合的秉性，也只能说他背后的经历让他有了这般自由的纵横术。

见到蓝蓝是第二天用早餐的时间。发现她嘴唇上长了来历不明的溃疡。上次见到她是在诗刊社等举办的"新世纪十佳青年女诗人"的颁奖活动中，地点在福建晋江。连荣荣也说她是具有国际影响的国内女诗人，我认同。这个第十届青春诗会的班花，写的诗歌与她的容貌一样光彩夺目，如今生活的轮辙也对她留下了擦痕，也许她要写下属于她的那份诗歌，她就必然要遭受来自生命另一头对她的责难。

洪烛与陈涛都属于帅哥型的诗人。风雅又不事张扬。在卧佛寺时，陈涛留在我记忆中的是石桌上的那盘围棋，而我在一旁抽烟，不知盘中的棋子谁去谁留。陈涛现在杭州文联，诗歌依然把他留在属于诗歌的诗歌位置上。我有时并不感动于谁写了什么样的诗歌，却感动于诗歌能把一个人活着的长度留在诗歌中。这像一把壶倒进去与倒出来的总是茶叶与茶水，而非变成了装咖啡或者别的什么。

洪烛是个独身主义者，这倒是我原来没想到的。这让他比我们几个人高出了某个部位，他一直在中国文联出版社担任编辑，以他的条件我倒认为他应该妻妾成群才是。他年轻时的诗歌是相当出色的，文辞开阔而凛冽，带有一种新风气，上交作业时他在一组爱情诗与一组咏史诗之间定夺不下,没想到当初歌唱爱情的人后来放弃了婚姻,这种因果关系细想之下倒有合情合理的辩证性。

相比之下,王学芯依然尖锐,做事决绝及身上某种天生的不妥协性。记得在卧佛寺讨论同学间的作品时,他声音最大,几乎把所有人的作品都狠狠批评了一遍。十几年前他带着无锡的一帮朋友来霞浦看我,前年又打电话说还要来,问我这几年还写诗吗,我想坏了,这家伙肯定已经离开了诗歌。没想到的是,转眼间他又对自己的诗歌下猛火烧起来,连续在几个专业性刊物上发了头条。那么,他怎么还问我还有没有在写诗歌呢?这就是光阴的秘密?

而没来的白连春是另一种记忆。与王学芯洪亮的声音相比,他似乎永远处在另一种分贝里。单薄的身板,穿着仿佛永远不合身的裤子,裤管下,是一双褪了色的解放鞋。苦大仇深啊,我当时就想,这人真正来自土地,后来果真是以一组组歌唱土地歌唱农业的诗歌赢得了人们的赞誉。他发在《人民文学》上的中篇小说《拯救父亲》写得好,细碎而多维,若不是他这种真切的身份,估计其他人难以企及。

我们这些人除了走掉一人都活着。活着好啊。

也就是说,我们还没有彻底碎裂到无从收拾的程度。

安放我们的地方成了我们各自的命。我们参与了同各种人的相聚,攀摩,交锋甚至冲撞。动与静,呼与应,违与和,俯与仰,顾怜彼此,擒纵,种种,稍不留意我们便碎了一地。

磨损也必然无处不在。人与器都是惊险的。毕竟是二十三年的长度，这把壶与那把壶之间，谁也不知谁曾经都经历过什么。无常对每一件瓷器格外惊险，而意外既分外小心地被回避，同时也分外捉弄人地纠缠着谁。

凌非在这次的见面中，从一开始到分别都在絮絮叨叨着他的玄学。他似乎要铺开各位老友的命相，让人在一头雾水的一惊一乍中，重新去审视与看管好自己的谨与肆，正与奇，常与变，在世相的纵横捭阖间平衡好自己的乖合与收放。

而欢乐依然是值得珍视的。临别的那个夜晚大家都喝了不少的酒，阿坚出口成章："我用老手电，照亮你黑暗，一照照一晚，让你也灿烂。"阿坚的诗歌已成为阿坚体，随后冒出来的与他相类似的口语诗，实在是多此一举。后来，中国的歌，外国的歌，土的歌，洋的歌在酒桌上被大家唱出一大堆，大家心照不宣的一个问题是，再有这么多人相聚不知是何年何月的事。作别总带着寒意，彼此暖一暖心，是为了带在别后的路上用。

在宜兴，当时我默默数了数桌面上的这些人，这些壶，这些曾经共出一炉的瓷器，在心里道了声珍重，请大家都看管好这个数。

2015-12-06

诗歌的靠椅

我不知道被谁一直留在这座小城中。

相对于别的谁,我似乎更适应弯腰的生活,亲近自己生命里相距最近的泥土气息;相对于诗坛,我的写作则只是在一个遥远的角落里,它是仰望的,也是独处和放弃。事实上,自我懂得识字以来,我私下里的阅读一直是靠方言的口语进行的。至于写作,更是在舌头下用方言的喃喃自语一路写下来。我自己也说不清这种顽癖,但它肯定有无数条根须缠布于我身体的某一些部位中。

我真的不知道是什么把我留在这座小城池里,并且也实在说不出写作就是要一个人与一块土地相持到年迈的名义。因为一直认为写诗是一门空旷之战,最初对写作的位置并不介意,而后来则是由莫名的惯性延续下来。我每天出入于这座有着相当深时间感的小城街巷,经常是十步之内,必遇一位熟人。我在这当中最大的快乐莫过于身边的许多事物并不是转瞬即逝的;包括时间,包括自己想有的思绪和想要的情感。它们停顿在那里，药性般让人慢慢享用。在不感到时间流逝的生命中和不感到时间流逝的写作中，这座小城成全了我。

我确实与这些东西相互厮守了下来，这里头的私密性以我自己的理解已变得十分困难。这就像一个正在鞠躬的人，他并不知道自己鞠躬的姿势是什么样子。这当中如果有一种本能的亲近，那么单有亲近对于写作可靠吗？对于铸成文学的最后与铸成人生的最后，我只能说这是我个人在偷偷赌着的一个未知数。

我极少出远门，每当我出一趟远门，我一般都要回到离县城二十里外的老家半岛上。日本专家说那是世界上少有的一片内陆海，我静静地站在海边大口大口地呼吸着空气中浓浓的海腥味，我相信这会让我汲取到冥冥中的一种天地精气。去年父亲去世了，但母亲还在；以后母亲不在了，那里的海腥香也会护佑我把所有的路走好的。我居住的这座县城晋太康年间就有建制，老家那边的一个山头上还有一处史前的人类遗址；想一想吧，它们就像一个地窖，一口祖传的地窖，而一个诗人能享用掉多少东西呢？文化会因一个诗人用掉多少或多出多少吗？我想我的写作是非常节省的。

我当然知道另一头是什么。那是个人写作的远方，它包括都市、时尚、繁华、势力等，那是另一种力和福分；但我守着自己的福分，对于另一头，我无法谈。

我最初的诗歌都来源于母亲，来自小时因玩甩丢掉衣扣她又替我缝缀时哼出的歌谣；还有邻居的妇人们为死去的亲人哭啼时发出的长短调，我惊奇那些婉转复沓的调子竟是我后来阅读中外诗歌作品经历中极少能相遇的。我非常迷恋于这些浸淫着民间骨血的调子，它与大师们的语言定性非常接近，随意而无边无尽。好像我的母亲还有这些妇人天生就各自掌握有一种生命里带来的句式，要有就有。在我由一个所谓的庸人变成一个所谓的诗人的转换中，好像也只有这几样简简单单的东西在起着作用。我想是简单让我成长了。

我的小城真是一把良好的诗歌靠椅，这里还有许多人也在写诗，并形成了一个远近有名的诗人群，说明它果然与诗有缘。我一屁股坐下来至今仍没有想站起来或离家出走的意图。我知道这是相当危险的，这让我想起远房的一个叔公，他年轻时就擅长垂钓谋生，并远近有名，他不屑于别人的远海作业，结果老时他手上还是那个鱼竿。把自己留在小城里写作，我想也类似于这种心甘情愿。

2002-06-19

期许与预言

在老家沙江村的霞浦二中,我读到高一年级的时候,一节作文课上,语文老师苏良标很好听的声音突然停顿了一下接着慎重地说:"我们班上有个同学今后一定会是《福建日报·武夷山下》副刊的作者。"

我知道,老师所说的这个人,就是我。不但是我,全班同学也知道,他说的,就是我。如果再往细处写,老师的话在我当时的感觉中,不啻于是在向全班同学宣布一件大事。

这对我太重要。再没有什么,比一个从小爱好文学的乡村少年,被自己的语文老师说定,以后会是省报上的文学作者。那真是提前把一顶桂冠送给了一个心中念头很足的人。

那是二十世纪七十年代中叶,"文革"末期,我心目中的文坛,很大程度上就是这份不时就能看到的省报副刊。那副刊上经常出现的一些作者的名字,都是我暗暗记住的文学大神。至于高高在上的《人民文学》或《诗刊》,那简直是另一个传说。

这是指定给我的一个预约。包含着对我今后写作上的肯定与期许。

其实我更把它看作对一个幼小心灵种下的预言。现在看来，它更像某个旧朝代隐秘的信号，要将某娃娃说定日后要干什么事。曾经的小屁孩如今已变成了要一问再问身手如何的一介老夫。

当时，我每一次完成的作文几乎都要被老师作为"范文"放在班上念给同学们听的。念到我的作文时声音是那般好听，以至在今天我依然把它列作个人听觉史上十种最好听的声音之一。是的，正是这副好听的嗓音，宣布了一个少年文学梦的开始。让它成了从今往后不敢放手的约定。

一九七六年高中毕业后，我就开始自觉不自觉地意识到，老师期许的那个《福建日报》副刊作者的话题能否兑现的问题。如果行，我幸；如不行，便是老师不经意的一句话，只是一次玩笑而已。这像一次赴约，在终结了自己的学业后，一个人要去卡夫卡所说的前方那座摇晃不定与前后左右不断移位的城堡。别人的战争都结束了，只有你一个人还要对空而战。

我开始尝试给这家报纸副刊投稿，三个月后，也就是在后来被史书重重记上一笔的十月，我的第一首变成铅字的小诗果然发在了《武夷山下》副刊的右上角。有两个小细节附上，一是当时的作者身份署名为"霞浦县沙江大队知青汤养宗"，那年我十七岁。二是后来知道，发这首诗的责编是《武夷山下》副刊的老编辑王国力老师。

有句话怎么说的？意思是：果然如此。

真是一发不可收拾啊，以此为发端，后来我有了几万行及近十来本诗集的诗歌。诗歌中后来蔓延开来的多维时空及技艺中的复杂性，大概都不是当初这首小诗就能看出端倪的。所谓春蚕吐丝，没想到吐出了一条"丝绸之路"。

　　我与《福建日报》最初的关系，便是这样开始的。

　　世界上一般花时最长且最难以成功的事业就是文学。我的苏老师怎么就那么轻易地将这种"大任"降于我呢？三个小事例依然可以用来附和我在这里的记述与思考。

　　一是那个有点儿老的父亲骗儿子说房屋后埋有一缸黄金的掌故，一无所获的儿子在后院田亩上翻遍地皮第二年却迎来粮食意外的收获时，儿子才意识到其父的良苦用心。这用心不单是天底下所有人父人母的，我的老师当年说那番话时也可能对我除了赞许的成分外，是不是也含有"骗"我的因素：给你一个目标，让你一生中用脚板去追赶。

　　二是我家族里有个叔公辈的长者是我那个渔村用竹竿钓跳跳鱼最厉害的人。他不羡慕别人用船只到远海捕捞作业，只守在家门口海边的滩涂上干这种一般人都干不来的拿手活。这活没有超人的眼力与手力不行，他在七八十岁时，村上依然没有后来者能够赶上他。说明什么？说明一门手艺的成败同时也是对自己敢不敢坚信不疑。我老师的那句话让我相信了自己。文学是一项笨人的事业，需要类似于笨孩子一头死磕到底的那个劲儿。《福建日报》的副刊又偏偏有所纵容地让这个孩子实现了老师说给他的话。那天，当达·芬奇画蛋画到有点儿厌倦的时候,他的老师说:"天哪!你已经行了。"我身上可能也有这种祖传的韧劲儿。

三是后来在母校建校四十周年的活动上,校方要我作为校友代表做个发言,我说我是从那个没书读的年代过来的人,不像现在的孩子,口袋里随便一摸,便可以拿出一个硕士或博士学位来。但正是这所学校,让我像一个只拥有一颗糖果的孩子那样,舔一口便会用糖纸赶紧包起来再放到口袋里。这孩子做下这动作时,神情是那样慎重,他在证实,自己是一个身上有糖果的人。说到这,我是在说,我想起了自己的老师。我的老师也让我特别珍惜这颗糖果。

我被老师的这种"看好"本来应该是相互拉锯的,当中有着期待与践诺的关系,可我的苏老师后来却英年早逝了。这让我至今每每在文学写作上有所斩获时,便心生一种无处倾诉的苍凉感。这留下了一个空位子,是用来拜谢的,斯人已逝,其余的再怎么说,都失去了归位感,甚至还显得有点儿无关紧要了。

想起最初在《武夷山下》副刊发表的这首诗,便想起了自己的来处,想起这当中的前因后果。便用手掌,轻轻地,轻轻地捂住自己的肚脐眼。那里,促成了一个孩子的破声啼哭。

2019-07-22

我已在自己的老地方渐渐老去

年轻时我是有机会到大地方生活的，但我答应了母亲。母亲说你们兄弟都到外头去工作了，我与你父亲怎么办？我说我留下来陪你们。等到父亲与母亲都过世后，才发现自己也就要老去了。

一个人活在自己的老地方，从小活到快老，会有待在一个窟窿里被人往头上铲着土一点儿一点儿被埋葬的感觉。有时会惊觉：我怎么还在这里？这无言无疑也是惊叫。类似于穷途末路，一种永怀绝望，又心有不甘。有这一句话："树无老少，开的都是新花。人无美丑，皮肉下都是白骨。"道理无错，可总有一丝认了的凉意。

我曾无数次出门，找的是将自己放逐的滋味。将自己一次次塞进一辆车，一条船，一架飞机，像塞进一件包裹，一具谁的身体，去远方，去寻找身家与天涯之间两者关系中的纠缠与体悟。仿佛这个人是别人，我要的是在这个人的远足中找到远方在哪里，远方是什么。结果还是不成，还是要回到旧地方，还是如梦醒来：我一直无法出去。尽管心中那只魂不守舍的走兽下一回还要带我往外走。

要认。我真的认了。认到这就是我土。也终于明白，在这里，世上别的人别的一切才是我的过客。安心的道理来自对生存的定位，并觉得我将来老死于自己的乡土与别的谁老死于大地方已没有什么价值上的区别。这不是自己骗自己，用酒精什么的骗自己睡过去。看住我并让我信以为真的，是时间中积攒下来的那些看去似有似无的一点一滴的生活依据。而且有了拒绝，拒绝一切外来的可能破坏我这种心境的喧嚣。

我像一块石头从此沉溺于自己钟爱的江底，上面有漩涡与激流从头顶经过。我有了自己知道自己的好，一只井底的青蛙一样，转眼间竟把自己养成了大王。

我每天出入于这座有着相当深时间感的小城街巷，经常是十步之内，必遇一位熟人。我在这当中最大的快乐莫过于身边的许多事物都留有自己熟悉的手感，它们都仿佛被我触摸过，并不是转瞬即逝的；包括时间、包括自己想要的思绪，天色和酒水。它们停顿在那里，药性般让人慢慢享用。在不感到时间流逝的变化中和不感到时间压迫的写作中，这座小城成全了我。我确实与这些东西相互厮守了下来，这里头的私隐性以我自己的理解已变得十分困难，或者叫两相忘。这就像一个正在鞠躬的人，他并不知道自己鞠躬的姿势是什么样子。

我居住的这座县城晋太康年间就有建制，这里的土语中许多词汇在读音及用字上与普通话竟然是极其相近的，以至让我感到祖先们当初对事物的命名都来自吴国的文化痕迹。许多诗人与编辑朋友都说到我的诗歌语言里具有地方性的成分，但读起来却让人饶有兴趣。这是连我自己也感到很浑然的秘密。我这里的海岸线在全国县一级中是最长的，古老弯曲，迷宫一般尚未被人开发，这样的地势也造就了我诗歌中深在的蜿蜒结构。老家那边的一个山头上还有一处史前的人类遗址，而对于时间的问题，我的恍惚感自幼就有了某种烙印。想一想吧，所有这些就像一个祖传的地窖，而一个诗人能享用多少东西呢？在诗歌的节省中我反而有点儿多。

我还有一个秘密，写作时习惯边在口中念着土话边写字，用它的长调与短句。阅读也是使用土话，相当于用身体做翻译，在第一时间，让书面上的文字直接转化为自己身体的一部分，有如从这一壶倒进另一壶。这造成了我独特的感官上的悠游，本能，亲切，甚至达成全身心的血脉通畅。在这种习惯感染下，我还写下了一些与此有关的诗篇，当中有《你不让说我的土话，我痒》《人有其土》《我的地理》《用谷歌看到了自己的故乡》等。仿佛这是致谢，或者叫精神上的自足。

我现在能一天天倍增地嗅出自己身上的气味，我老伴说得更确切，说这是"老人腥"。人到中年后身体中就会长出有别于以前的味道，我想自己也到时候了。这是时间给的，也是地理给的。还有一个理由很重要，它还来自我长期写作中冒出来的脾气。我亲吻小孩已习惯亲吻他们的额头，这样好，像在使用自己身体上的地气。

我真的已说不清是什么把自己一直留在这座小城池里，但能确信它可以与自己的写作相持到年迈。我将渐渐老去，老在自己的老地方。有时会觉得祖国是别人的，并且心甘情愿。这有什么关系。现在甚至无端爱上腿上的关节炎，享受着自己漫不经心的慢。

2011-01-12

彩绸的运河，丝质的时间

一条运河，一条彩绸状的人间。

系在中国的胸前，世界的项颈；

在布花的地带，飘扬在杭州。

流动的布匹如烟如画。

对岸有另一个人间，从上游到下游也有另一个人间，从隋唐到今天的我们更是另一个人间。

一脉流水，从这头到那头，从经过的这艘船到那艘船，从谁的喧哗到我们听到的喧哗，从梦里的杭州到我们此在的一座城。

在杭州运河，我感到时间是石磨过的时间。

更是在流水中，作为彩绸一直飘动的时间。

在它流水的底下有石头，流水经过的两岸也有石头，跨过河面的石桥，更是由一块块沉默的石头砌成。

它们被流逝的时光冲刷过，被远道而来的船头或谁的敕令碰撞过，也被所经过的车辇，挑夫的脚板，水底的魂魄，甚至是落魄书生们的冰凉的心事一再地消磨过。

但哪怕是石磨过的时间，哪怕是石头，它依然是飘动的，它无法改变的质地是彩绸、布匹，历朝历代的飘带。

它们针针相织，虚实相扣，催生出南来北往的光阴，一个民族的脉息。

暗香浮动的季节，我从一座石桥上走过。

手上有岸边人家借来的油纸伞，踩着河边传来的捣衣声，耳畔有云水间的鸥鹭，我要去找隋炀帝杨广，也去找唐代的李宓、白居易，宋代的范仲淹、蔡襄、苏轼，我有一些心事要与他们交流，我也是他们当中的一个谁，我要与他们一起由我变成了你或你也变成了我。

他们都活在各自的时间里，却又因一条共同的河流而有了共同的时间。

我与他们之间，没有谁是时间的起始，也没有谁是时间的终结者。我们同享着这条流水，没有谁在流逝。头顶的白云，也并没有因为你的朝廷或我的朝廷而走远。

这一切都有丝质的维系，你是经，我是纬。或者，同是布上的一朵小印花，留下中国的油墨香，留在世界的一条水系里，成为人间共同阅读的一部流水经书。

或者，我还来到了街头巷陌，百姓庭前，又与人说到这条水。

说一个家因一条凿开的河被改变的形状。

一座城因一条必然要来到的河而有了额外的长度。

一种文化因一条强势闯入的河从此更为斑斓，甚至有了另一番前世今生。

　　说江南的谷米如何成为北国的粮食。水边的人丁也开始长出粗犷的体魄。文字中幽幽的韵脚，突然在某处顿住，出现烟色。祠堂增添了新的姓氏，家与国在南来北往的雨水中连成一片，翠鸟鸣啭处，天命流连，往事却千年。

　　说这一切已得到了时间的落实。时间从我们的身体中穿过，别人是源头，我们也是源头。说我们的身体也是丝质的，编在丝丝缕缕的烟云里，也成为这条河里一朵过往的浪花，我们流动着，成全了这条布匹，那云烟入画波水相拥的彩绸。

　　世界是飘动的，这条河更是飘动的。大河汤汤中，时间是丝质的。

　　它有斑斓的颜色与纹细。我们不怕更迭，隋代的风樯，唐宋的月光，明清的风声，民国的烽火，还有烟火与经书，令牌与歌头，红颜与落花，词调与韵节，甚至你与他，我与们，飘走的与沉淀的，都写在这条彩绸上，时光浮动，江南的才子昨夜又在梦呓中说道：来年就是经年，繁花依然盛大。

2014-04-19

卖 鱼 桥

天下各有各的美事。

比如，写诗，打鱼。比如写诗与打鱼兼而为之。比如诗人陆游说："卖鱼生怕近城门，况肯到红尘深处。"

而我更愿意把什么事都放下，只卖鱼。

只在人间的闹市中卖。

而最合适的地方，是杭州拱墅运河上的卖鱼桥。

身旁是一汪胭脂水，人流中遇见各式的身份，官人、商贾、管家、少妇，为了让母亲明目的少年，按鱼羹汤的美味找寻活法的书生，苛刻挑食的美食家，只为几条小鱼打发日子的小市民。

那是在明清，河上微风习习，不远处的海面上不断有鱼腥香涌来。拥挤在我想要的拥挤中。

我装担，排列，叫秤，也叫框。

任人挑挑拣拣，选肥拣瘦，斤斤计较。

我要这种生活，低度，宽松，无遮无拦，真实到只留下：一个愿买，一个愿卖。甚至插空哼几句小调，甚至随性地插科打诨，甚至与人群中的谁打情骂俏。

我要这种简单。为自己随随便便的活路，也为几块清清白白的铜板。

而河岸两边的楼榭里，他们复杂，用情，用事，用人。把酒吃出柔肠百转，把茶喝到百媚丛生，把话说得风生水起。

而更远处的西湖，走的全是要去放生的人。明明是想把自己一遍遍找回来，却装作悠闲，赏景，弄月，散怀，咏志，一副一去就永远回不来的样子。

而我，只卖鱼，在卖鱼桥。

在随便要，或随便不要之间。

我随随便便的称号是：小民、草民、水民、愚民或渔民。

鱼那样游来游去，又那样把自己买来卖去。哪怕连自己也卖了，还是那份自在。这自在，叫打发。生来死去中的打发。

杭州到处是水，是溪，是湖。同样是水是溪是湖，我最爱这条运河。它是别一样的另一座西湖，一座行进中的西湖，一座更有人间烟火味的西湖。

还爱这条运河上的卖鱼桥。让人活在自己的忙碌中和自己的气味中。在烟花如梦的杭州，一方让人活得有出处有底细的石桥上。

桥这头，你来。桥那头，他去。日子留了下来，如我命。

你来杭州，来卖鱼桥，我还在桥上，我还在明清等你。我手上还有明清最鲜活的鱼。

2014-04-20

泽雅笔记

第一眼望去,这古老的曾令多少代人走不出的村庄,现在都回不去了。被称作人类造纸活化石的四连碓造纸作坊遗址就坐落在村头的一片溪滩上。

这条溪叫龙溪,从北斗山蜿蜒而下到了这里徐缓而流。这里一切的技艺都因这条溪而萌发、展开、成型。元末明初,从福建南平避乱而来的先民选中这条具有神性色彩的山溪垒土而居,要的就是可以对应他们带来的南平纸制造手艺,以维持一方人烟在陌生的地盘生息繁衍与活下来的条件。

这落荒而逃中的技艺,像非洲丛林中迁徙的蝶群,途中从蝶变成了蛹,又从蛹变成蝶,身体中永远挥之不去的,是基因中流传下来的对长达几千里路途的记忆。逃亡中茫然无措的人群里,一切都早就安排好了一样,有一个人一眼认定,说有了,这条溪和溪滩两旁茂盛的竹林,就是我们的命。

一切都显得有点儿凭空捏造,他们在顺溪建造水渠、碓轮及纸坊,一房一舍一坑一碓都与山水浑然一体,散落在这座山的这头与那边,像上苍早就给人安排好了那样。因为突然多出来的水碓与纸坊,时间一长,一些山地又重新被命名,水碓坑、水帘坑等地名亦都与后来在当地兴起的造纸术有关。甚至,就连泽雅这个文气十足的地名也成了人们公认的"纸山"。

所谓泽雅的"四连碓",其实就是按造纸流程分成的四道程序。按斫竹、腌刷、捣浆、撩纸等工序,用不同的水碓将水竹捣成纸绒、纸浆,在四级纸槽中再逐步制成屏纸。

"碓"字在汉语中意为利用水力用于舂米类的器具。这里则作为造纸流程中的各式流槽与劳作的场所。它们因穿流而过的溪流连成一片,常以单独一家或几家合用筑成一组"四连碓"。史书上记载,随着屏纸在用途中声名日隆,造纸生产的繁忙时节,泽雅当地多达数千人从事造屏纸,有时因水碓不够用许多人家轮流排队才能用上几天。一番香火人烟聚来散去之后,龙溪中游不到四分之一平方公里的溪滩上,现在依然遗落着密密麻麻的水碓旧址。

这些当下已经废弃的造纸水碓,现在像一口口时间中的古井闲置着,当中张开的嘴唇像已把话语说尽,又像在等着另一个光阴中的谁,有底气也有底数地对它们再把话语一一续上。水碓里沉淀的杂质依然保留着以往的颜色,无论岁月的流水如何从身上经过,它的质地总是黄黄的不被什么所改变。仿佛那些从这里走远的人,依然是空气中的隐身者,一个个有情有义,心念早就捂热在怀里,一不小心又会现身。

同样，这座北斗山与周边连绵起伏的其他大山相比，也因造纸技术的注入，有了与众不同的独特气质。这种气质显然是一种文化，是人的技艺与一座山一条溪流日久月深的融合才有的。几百年源源不断的流水上的人语喧哗不知都去了哪里，但人留在这里的造纸的活式，却让这座山在国家的文化层面有了一笔傲人的记载。当地流传下来的一句老话叫："纸是吃饭宝，是身上衣。"我想加上一句："也是死后灰。"这个灰是物质的余烬，却也是空气中看不见抓不着的东西，它看去没有，却又能让人隔空抓物，无中生有并信以为真地使人感到某些流逝的，庸常中那些再也无缘相会的东西其实还在，还在暗暗地作用在我们的骨血中。

斑鸠在附近的竹林里鸣叫着，声音像有人斫竹中亮出的雪刃，带出一股青气。有什么在竹林里一闪，有人在竹叶低喧中便叫出了一个后生的名字，过后还溅起一串银铃般的笑声。

我还听见竹林子那边还有谁用刀背敲着竹身，叩门般说"我来了"。接着，又看见一队的男人随之从山坡那边蹚水而来。他们个个肩上都扛着刚砍伐下的青竹，排出了一条龙阵。

我站立并陷入沉思的水碓间，也突然多出了许多在这里劳作的男女，这些人群所属年代不详，有明清的服装，也有民国的打扮。有人将竹子撕成竹片，截断，锤裂，扎捆，再移入腌塘用海蛎灰浸沤。有人站在腌塘里，浑身上下涂满了桐油，为的是不让塘里混合的水质侵入身体。他们翻动着竹料，用不断的倒腾，让竹子里的木素和果胶捣成极细的竹绒，随后放在纸炉里蒸煮成熟料。在这里，他们各自都领到了自己的活，也领到自己的技艺与养家糊口的时光。

而在另一块屋檐下，在撩纸的水槽旁，女人们撩纸的动作是这个村庄养眼的另一番景致。乡人们都说撩纸的纸槽是村庄最有水色的地方，除了说经过几道工序后的纸浆色泽温润喜人，更说出了正在撩纸的女人们劳作间的迷人之光彩。她们抖动的身段与身上散发出来的劳动的汗气，都是健美得让空气显得甜甜的，形成了弧度更有迷人的线条。正是她们，用一撩一抖一放一掀之间连串的动作，一张张屏纸在指尖就那样诞生了。这些连贯而秀气的手势，像是要把每张纸从水里摸上来，在那不同的时空，动用着母亲、姐妹、嫂子或者妻子这样的名义。

这一切，多像是一次看走眼，在那中间，我的家人也参与其中经历了这一切。

确凿地说，这只是一处古人造纸的遗址，并非今天进行时间里的现场，但却又一次让我与时间深处的谁再一次相遇。看似无用的、废弃的、不可重复的，又让我们寻到一条旧路一程走回去，去深处与谁做血水交融般的精神汇合。它是地气，也是文化。

这独特的劳作，已成为时光流逝中手工技艺的符号，再没有人去重复它，被隔开与消弭，但能在紧要处一声棒喝，让我们懂得自己的来处，接下来还有别的要发生的感悟。

这像说来说去可以相互倒翻的两出戏，相互间的情节已经含混不清，我们在厘清它们时显然有些惘然，但又是如此亲切，感到什么都没有混淆，一切依然是可以沉浸进去的。

2019-11-09

诗事，酒事，一场欢乐英雄们的事

坐飞机来到诗歌中

我与夫人是坐飞机从深圳拐厦门到漳浦的，在诗会的开场白上我这样说。我说坐着飞机来参加诗歌聚会这是第二次，上一次是二〇〇四年去四川领一个诗歌奖。我说四川是个诗歌高地，坐着飞机去比较适合，这次是本省首届民间诗歌研讨会，它另立了一个山头，福建诗歌自己长出来的高度，也只有坐着飞机才能到达。谁说不是呢？全福建真正的诗歌高手几乎到齐了，省文联和作协肯定找不到这个地方，虽然他们也有这个与那个小山头，所以坐着飞机来这里是一种致敬。向筹措这次会议的道辉、阳子夫妇致敬，也向这些候鸟般有才华的散落在全省各地的诗人们致敬。

开幕式上又见到了在漳州文联当主席的杨骚之子杨西北，这次他的身份被我记下，上几回似乎有点儿恍惚。这是缘。所谓认识只能从认识开始。

厦门落地时好友陈功驾车接了我们。他的住处环境很漂亮,跟我小时的乡下海边老家很有一比。也在厦门的武汉诗人、翻译家李以亮见我到来也来了。聊天间给我外甥孙昕宇挂了个电话,他带着老姐驾车立即赶到了这里,并安排在白鹭洲 8 号公馆午餐。陈功一招呼,先来厦门的福州诗人郑国锋,闽东诗人石城、后后井,以及厦门诗人子梵梅、威格等又见面啦,我想,如果开一场诗歌研讨会,我看人数也够了。我的三哥也在场。也不知我家与厦门结下什么缘,我八个兄弟姐妹中,竟有一半人及下一代都在这里生活,过去我对母亲说,留在老家看守她老人家,现在的我倒显得孤单了。席间郑国锋喝得比较厉害,我外甥请示要不要给他来一下,我说搞他一下,有些像黑社会请示老大那样。结果各倒上半瓶红酒,弄得郑诗人至此摸不着北。以亮坐我边上,我和他喝得比较温和,原因是我对客人都有点儿让酒。这是我的酒德。

开幕式上道辉以他少有的谦恭介绍了一些来宾,这让我感受到道辉的另一面。我突然想,他也有了飞机从天上着陆的感觉。

酒后朗诵

会议地点在天福茶业的一个山庄上。这地方比较适合喝酒。加上来的都是一帮酒鬼,我是怎么在酒后被人拉到这个可以朗诵的地方也忘了。奇怪的是,在第二天第三天我一直记不起它在什么地方，别人提示了我还是搞不清楚。那情意就像被某个女神叫去做一番心迷神醉的幽会后又不让我记住她是谁。主持人是曾宏。他很会讲话，在现场，他要大家说点儿什么再朗诵点儿什么的，我上去了，心头有一种一翻一翻的感觉，像是抓不住自己，要飞。说了一番什么胡话我全忘了，第二天才知道，他们说我说出一个关键词："我们福建的诗人们写诗都太老实了。"朗诵诗歌的事后来倒是被我回忆起来了。我背诵了普希金的《我曾经爱过你》，奇怪的是当中被我忘了两句竟然也朗诵得很顺畅。是哪两句呢？它只有七八行，难道像普希金这样的诗人写的那么短的一首诗，朗诵时拉断两句也是可以接上的？

诗人威格善口琴，诗人们朗诵间响起了他的口琴伴奏声，开始在台下，后来到了台上。这种旧乐器一下子调动了场上的气氛，在亲切的陌生中大家心里被唤醒了某种旧的温暖。自己年轻时唯一玩的比较好的乐器也是口琴，不过那时我喜欢在树上和屋顶吹，有时也到某女孩的房子附近吹，有点儿像少年维特。在后来朋友们传到网上的照片中，我看到诗人游刃在场上正与我交流着什么，这次到深圳之前他妹妹到霞浦给我打来电话，说是哥哥要她来看望我，我当时把这事对他说了吗？这至今还是留在心底温暖的话。

我一直的直觉是诗人一定比朗诵家更善于朗诵，理由是诗人们更懂得诗歌的内在节奏。这一点，别人没有。

还有另几张照片上看到我与曾宏他们在场上嬉闹着，那时我们一定都重新成了孩子。

坐在第一排的诗人都不是好诗人

我有一句诗,叫"坐在第一排的诗人都不是好诗人"。

第二天上午正式诗会他们拉我坐到了第一排,我推却,我说我写过这行诗,结果是我讽刺了自己。道辉作为东道主也坐在那里,在此之前诗人俞昌雄曾对我说过,一向愤世嫉俗的道辉心里头有什么收起来了些,我一向不相信到我们这种年龄的人还会轻易去改变什么,但我发现道辉真的在心里头收起了什么,可能是他这回的身份变了,也许他真的对自己开始看住了什么。哈,这老兄,我说他可能开始要写大作品了,这是一种好预兆。在省城当处长的郑国风说什么也不说。特意从深圳跑过来的阿翔语音不详,说了一些话,我估计多数人与我一样还没有听出所以然,但我能感觉到他心头那份对诗歌的真挚之恋。这回在深圳他请我到《诗林》下半月刊编辑部聊了一整个下午,所有的话语基本是我与主编张大伟之间进行的,只是偶尔间看见他露出孩子般的笑。我与他之间的交流基本是靠手机进行的,到编辑部我找不到路,焦急当中用了手机,忘了他什么话也不能对我说。我相信上天会以另一种方式与他对话并报答他的。

对道辉及新死亡诗派的话语依旧是放在台下说出来的。我敬佩道辉他们十几年来在诗歌中对自己负责地做下的事,敬佩他对汉语诗歌与汉语修辞之间所形成的高度,虽然我也说了对这种书写方法所持有的警惕，比如他们过于密集地在修辞中打转的句式。下午我又被拉到了台上，接过夏闽教授的话筒最后一个主持场面，还没有发过言的诗人都被我拉出来讲话了。尤其是女诗人们，我说无论你们说了什么，但只要你们肯说话我们听了都很舒服。记得曾宏之前叫伊路发言时可是难为了她，我太懂得她的性格，结果她不太连贯的发言被大荒及别的诗人们誉为本次最值得感动的发言。

也有怪事出现：原先被我看好的几门大炮这次诗会上都哑了！他们是：浪行天下、颜非、叶来、马兆印等。怎么就没带炮弹来呢？

时间有点儿晚了，大家都急着要到道辉的旧镇老家里吃海鲜，我对本次会议的收获说了三点。第一点：舒服。第二点：还是舒服。第三点：还是舒服。在临时的发挥中，这次连我自己也差点儿被自己临场发挥的水平感动了一下，哈！

旧镇酒事

这里是旧镇，道辉的老家。摸黑中大家走了一些弯路才走到这里。

典型的闽南石房建筑，房前围墙内有个可摆下六张八仙桌的场地，房后是道辉的印刷厂作坊，主屋书房里堆满了书籍，我一看脑袋里闪出五个字：道辉的文化！

道辉夫妇几乎调动了他们家所有的亲戚朋友为我们张罗

着晚上的酒菜，其中一些估计还是他工厂的员工。大鱼大肉被一碟碟摆到桌上来，来的都是一帮酒鬼，几乎在没有什么开场白或谁主持的仪式下各自都喝开了。与诗人们在一起，再风雅的人也无法风雅起来了。我偷偷观察了几位女诗人，本来还以为她们在别人家里会规矩一些，嗬！她们原来也没有让着谁，这真好！

来之前，厦门诗人岸子私底下跟我说，为我及曾宏和大荒几个酒鬼留了一瓶藏了十来年的茅台，两斤装的，一听，同桌的大荒眼睛里立马发出绿光了。这酒因有了时间带点儿稠，好来劲儿，席间我们假模假样地嘀咕，是不是能喝得下，谁知曾宏福州人般动起了小心眼，说是这两天吕德安已从美国回来，想让他带剩下的回福州明晚请德安喝，这鬼！几乎是异口同声地，我与大荒说："这多没意思，你破坏了大家喝酒的心情！"结果自罚了一杯，其实是被他白喝了一杯的。经过无数的豪情对决，我已得出一个结论，在酒场上不喝酒的人是羞耻的。曾宏现在有了另一种羞耻。据说颜非、夏闽他们也是不大喝酒的，不善酒肯定也有自己的那份快乐，只是估计这辈子他们是无望加入酒协一类的团体了。可想我这种至今仍喝了一杯就脸红的人，为什么在江湖上竟能浪出一个酒名呢？刘欢唱得好："我不知道，不知道……"

一场风卷残云，亲热的人们要散场了。我们颠着颠着各自带一份自己身体里的酒出门之际，我在房子外头的拐弯处，看见一个母亲模样的人在目送着我们，他们告诉我，这应该就是道辉母亲。我心头立即发热,有什么被哽在咽喉处。诗歌啊!母亲在看着我们。

事后记起,这场酒事中的欢乐英雄榜上还有:陈功、俞昌雄、马兆印、叶来、浪行天下、吴瑾程等。在另一张照片里,福建的诗人则聚在某房间里齐举酒瓶,来了个酒满堂。气场非同一般。

英雄还大有人在。从道辉家回房,我安顿好夫人,又来到曾宏,大荒住处,三人都不想睡,大荒下楼便搬来一箱酒,三人对饮,直至下半夜两点才散伙。第二天大荒来信,说他后来吐了,但吐出来的都是啤酒,留在肚里的是茅台。

福建诗歌怎么办

这话题有点儿大了,这是被子梵梅点破的。奇怪的是我怎么就没想去点破它呢?子梵梅对诗歌无疑是具有独立思考精神的。曾宏提出"福建诗歌走向"要大家来探讨,子梵梅说对她而言,写诗仅是个人的事情,实在跟福建诗坛走什么路没有关系。她在自己博客上说:"一个省际的诗歌去哪里,会比一个人的诗歌去哪里更重要吗?我没有听说过李白们去讨论四川诗歌哪里去,王维们去讨论山西诗歌哪里去……我有能力和有必要去想的问题是,我的诗歌何处去,个体从来就是对群体的抽离和理所当然的出轨。"我敬重这种极符合诗人身份的思考,只有对诗歌文本极端负责的诗人会这样去思考的。事实上她的话一经说出立即得到在场诗人们的应和。我当时就想，这话为什么是她说的而不是我说的？我到底是说不出还是话题中涉及的内在性质不容我这样说？

后来我觉得自己当时不这样说还是有理由的。原因是这个话题并不是伪话题或无用的话题。从文化的血脉关系研究一下自己所处的地缘与自己手上所形成的诗歌面目，还是可以看出许多问题的。尽管"我"的诗歌走向不是福建诗歌的走向，但众多福建诗人中"我"的走向事实上就是福建诗歌的走向。地缘上总体的文化影响到文本里的气质对于个体每个人都有份，比如南美诗人文本中潮湿的血性与欧洲诗人文本中温润的典雅就不同，研究总体的问题同样有利于辨别自己诗歌中的问题。我也可以同样比喻，同一片田亩中为什么自己种的粮食跟别人就不一样呢？在更大方位上说每个诗人都是独立的，而相似的文化大气候却或多或少地影响着每位诗人的思维方式与诗歌的长成模式。在世界与个体之间，我们肯定有话要说。

深刻地检讨我们福建的文化与控制我们精神的那种貌似强大的东西吧，这不是喝了酒说一番朋友之间的话就行的。福建诗人中到底有几个人在真正对文本负责地写着诗歌？我们拿到了自己所要的那份诗歌文本了吗？你真的放心了？你别骗我。我们真的需要一头撞在墙上再来想问题的勇气，在我看来福建的诗歌问题主要还是诗歌是方法论上的思维方式问题，单维与线性的叙述方式一直在控制着福建诗人的说话方式，有的诗人竟然出名了，我真不知道他们是依据什么出名的。小聪明的甜美作品时时有,但那解决不了真正打开世界与话语关系的大问题。他们说福建的谁与谁是好诗人,你们就痛痛快快地自摸一把吧。

2009-11-19

一个逻辑怀疑者在一座山上的左想右想

一 一座山有它自己的逻辑结构

事实上,许多时候人在路上的感觉,只是一双脚在不知不觉中走走停停;甚至还只是脚底下的一双鞋底,是鞋底有了神经知觉,亲近上了这条路。

是鞋底把我们拖入了不由自主的迷宫!一座山在哪里?这常常是一个正在山上的人才会去问的问题。山的神韵一定是无法排列的,它一定存在于自己更深的循环与回问中,一定还有多出来的延时性部分,散发着整座山体的香气,让人嗅来嗅去,像美人身上浑然一体又秘不可宣的气韵,静秘的,私自的,不知道时间中是什么建筑了它,并把它维护在那里。而这当中的神秘结构,却让人心旌摇荡,令人多遍醒来或持续被照亮。

第一天没有,第一天是两辆电瓶车把我们一干人直接拉到山顶的观音广场上。天空一下子被谁用手重新洗过一样,每一立方厘米的空气都可以用手抓过来塞进嘴巴,再美美地咽下去。

当中含有许多成分，有已经默许在里头的秘籍与谁的祝愿。

空气是再好不过了，却明显能触摸到当中布满的什么粒子。有东西在透明中缓缓滑行，忽高忽低，还带着细细的声音，就像是被某种特殊的乐器特意弹奏了出来，有人感觉到多，有人感觉到少。也许不是这样，是源于身处在这座圣山上，我心中早就有的一把琴，把什么给拨出了声响。

或者也不是这样，是两种相互准备好的耳朵，相互被吸引与听到。

那座世界上最高最大的用花岗岩雕琢成的观音塑像，两个字：一流。我知道这个词显得有点儿穷，可它映入我脑际间的第一个冲击波就是一流。佛像脸上那淡定的神情是无边无际的，使人一下子沉静了下来，一下子深下去或者一下子飘升起来。感到心里头还没有收拾好就得去敬仰它。

许多感应的发生是来不及的，并无法预先设计的。当迎面而来的好与内心有准备的好还要更好时，你只能把自己立即打开，把自己整个地交出去。我这人一直不设防，在某些特定场合，我时时以为自己站着的时候也是跪着的，在第一时间，第一现场，我总要茫然与发呆，无论是对某个谁还是对某个景物。这是我自己的秘密。

而过后才有问，才有与之左右相维系的前因后果。

过后我就想，这么大的荡开在脑际间的冲击波，这么直接就让我得到是不是太快太简单了些？一条用水泥灌成的盘山公路与随之想要的场景之间，时空感明显有些不对。一边是巨大的庄严感与神秘感，一边会突然冒出时下生活秩序中的快餐效应。有东西在掌心里抓不住，有些脱节，仿佛迎面而来的速度是倾斜的，有失衡感堵在心口。甚至是一阵风有点儿潮湿地吹过，来不及再看一眼，什么已经在阳光中被晒干了。

我要落实，孤零零的一阵震撼偏偏有它自身的阴影。第二天有了证实。

第二天我们又上山。在这座巨佛的东侧，一个叫耀佛岭的丛林中，我们终于找到了一条用碎石铺成的山径，完全是亲切的陌生，久违的面目。碎石缝隙里有青苔，碎石上掉落下许多树叶，像谁隔夜的话语留在上面，有些还是热的有些已经冷了下来，在颤动与不颤动之间，布满了不同的神情，绵延数十里深得像一口深渊。

我心中那份撕裂感一下子缝合了。再要问的，关于有与没有之间，对，就是它。

太幽静的一条路，林间叶片之间不时投下一些碎碎的光影，按它们或明或暗的交错不断交换着光落在地上的影像，像上天布下的迷魂阵，叫人内心起火，涌起一阵莫名的浮动感。我完全忘记了这是在什么地方，只感到正被什么旧的慈祥唤醒，一种回老家时才有的感触，立即把内心中私人化的情形激活。

恍惚中的我突然与时间另一面睡着的我接通。神智里仿佛有什么又要老病重犯，我又可以在什么也没有的掌心上细细抚问起什么，甚至是空中抓物，点石成金。这感觉在这时非常受用，要有就有，没有谁能够没收它与截止它。

与宏大的，热烈的，甚至拥挤的一番场景相比，这里空了，静了，却空得比什么都多。它膨胀着，在无言与无声中膨胀着，形成了一个神秘的气场，让掉进去与被吸进去的，都必须换一种方式去呼吸，去思去想些什么。这是必须的。这让我在这座山上得到了一个转场，尤其对于一个刚从巨佛身边转过来的人，这种转场，奇妙无穷。

这就叫落实。我沿着这条路走进去，开始清洗自己，意识到自己带进来的，下一刻是否还会带出去，多了，还是减掉。我开始左想右想，好像要把那尊观音巨像传递给我的话语对自己重新说一遍，好像我要是不把这些话再说一遍，我的体重就会立即减掉一半。

我一下子获得了开阔，也得到了追加，想起这就是这座山给我的好，想起在另外的哪一处，哪一种时间，也有过相似的情景。或者完全没有理由地记起前几天一个朋友说自己最近酒量小了，也记起某一天对某个女士突然说的一句不太得体的话，一本书的某个章节也在这里突然浮现，以及什么事应该接着做下去还是就此辍止。

这些突然冒出来的东西怎么可能与这个时间这个地方有关呢？但它们偏偏就那样毫无道理地闪现了，以不同的雾气，让我乍暖还寒，又从中醒来或被当头棒喝。它们是忽明忽暗的，欲辨已忘言的，甚至是意念闪过之后就立即值得怀疑的。仿佛这一辈子接在手中的东西都是可信可疑的，就像我正在写下的这句话，要刻意地停下来，生怕稍不小心就会把它们弄坏。我开始明白，这是自己心中堆满了太多的光影，也来自那尊巨佛的震撼与辐射，现在，都一一发出了回响。

我突然感激了这座山。可为什么在两次的上山中，是今天而不是昨天呢？

今天才是整齐的。今天我决不反对什么，今天反对我的人也无效。因为自己的这次游历，此时此刻，在时空感中对昨天有了回应，已得到了完整的汇合，或者赢得了一个形式主义者的胜利。

我突然意识到，这就是一座山的逻辑结构，它的美在左边与右边已被回环与呼应，美通过我继续伸延的鞋底在不知不觉中被打开，安排在这座山上的那些神意的高低处和明暗处，都一一有了对角连接线。一个给，另一个接住。

我曾在自己的一篇诗学随笔中说到文字中的对称与平衡的问题，这里，似乎有了回应。

现在，我想到对悬浮的事象与事象之间的把握，至少有三种以上的关系不可随意丢缺：

1. 美的感应力，它的延时性必须依靠有效的途径看护住。

2. 虚与实之间，它们的呼应性往往在相互转化。

3. 黄金的比例，放在更开阔处才有更开阔的显现。它不是个别单一的，有另一处或者依靠交错组合；或者跑开，在更多处。

二　与一座树林一起狂想

古巴尔干人眼里的树木是会相互走动的,甚至会把另一棵树的根须偷盗到自己的根系中,以便长得比其他的树木更大更高。印第安人要砍伐一棵大树时,则先要用好几天的时间对着这棵树大声喊叫它的名字,当他们觉得树的灵魂已被喊出来时,这棵树就会死掉,他们才放倒它,他们以为这样做并没有冒犯了谁。而我在另一本专门说植物智慧的书里,则看到更多的树种是极其狡黠的,不但会使出各种各样的手段来争夺阳光而赢得生存空间,还会用比人类更意想不到的谋略来扩大自己的地盘。比如苹果树,就是通过自己果实的香气来诱惑人类采摘它,以便让自己的果核被播撒到更广阔的地方。

写下这些,我已进入另一个世界精微的序列,别的一头别的手艺已开始来争夺我。让我手上正在使用的文字,悄悄在崩坏。

我的大脑嗞嗞地发出了某种声响,另一种毫不讲理的思辨方法正伸出手来,砍伐了文字应有的姿态,要我重新说话。在观音山,在它的耀佛岭,在这座国家级森林公园的树林里,我突然意识到自己已经不是一队人马中的成员,而成了这座森林里的一棵树,它们拉我入伙,给我好几个名字。

我一下子与大大小小、有名无名的树木们可以挤眉弄眼地说来说去,它们当中谁的鞋已经套在我的脚指头上,而我身体的肤色也像树皮那样正在不时地变换着。我被自己吓了一跳,内心里出现的毛病，反而有比别人多出来的好。哈，这些亲爱的鬼！

我在它们当中。这是被同意的，也相信已经被同意了。可能是它们认出了我，在多年以前，我在它们当中就已经被约定了身份，并虚位以待。我被叫出连自己也早已忘掉的名字，再次被挑明早已明确的关系。这里头，有些话许多人是不能听与听不懂的，他们会反对，但确是如此。

在这座茂密的原生林带里，有许多珍贵的树木已被人用牌子挂上自己的名字，他们的这种爱护，是要把自己所要的什么念头也搭进去。好像这棵树就是这个人，你念出牌子上的人名，他便会从树干里走出来，说明你不能怀疑那时身边只有谁，说明还有另一个谁正站在你附近。你不信，但你诧异的目光已经惊动了对面一个看不见的人。

树干牌子上虽没有我的名字，但我一定也在当中，而且具有更令人信服的身份。

这是真的，上一次是在乘坐缆车去往玉龙雪山的途中，脚底下一棵巨大的铁松突然传来叫唤我名字的声音，我朝着这棵铁松看了又看，并牢牢记住它的位置，并以它所立足的那座绝壁作为标记。我有了期待，下山时，那座独一无二的岩壁还在，而叫出我名字的铁松却已不见踪影。在这里，那叫着我名字的声音又出现了，虽无法考察是不是同属于上一次那个人，但被叫唤的人，还是我。这引起我的警觉，说明我与什么之间有着太多的不确定性。我担心自己会突然蒸发掉，好像一眨眼，我与这座林子会一下子飞走。

他们之中都有谁呢?

眼前这棵与恐龙化石齐名的裟椤,身上有着我相当熟悉的气味,是阳光里与月色下会呈现出不同色彩的那种。上一个星期天坐在我身旁喝酒的某女士,身上的香型好像也有这样的,只是当时,我没有去搜索记忆里被唤起的神秘感,也没有留意这位女士当时说过的什么话与投递来的什么眼神。

现在我想到的偏偏是另一个场所,在极度寒冷的冰川雪地里,我与另一个人大口大口哈气的情景,我们之间说过相当长的一段话,那是在一个路口,彼此都有正要去的另一个场所,并以相互之间的气味为记号,约好了下一次见面的时间。

此刻,我已无法辨认,我所约的人是不是这棵树,树的脸与那个人的脸,有点儿分开,却值得辨认。也许我们之间,彼此已经发生过变脸的经历,现在用变脸来考量对方的记忆力。而作为只有一次真实的时间,这一次与上一次哪一个更为真实?没准儿,这两次时间都是真实的,如果我认为它们是真实的话。

另一丛聪明竹明显是掰开许多树木特意赶到我面前的。

昨晚我有过一夜狂草,我已经过了深究杨凝式、赵孟頫们书法法度的阶段了,那么,对于这丛聪明竹,我不知道它现在是热衷于杨凝式、赵孟頫,抑或张旭与怀素?因为我爱着写字,这些聪明竹就显得比别人有过分的风姿,不但长有我心目中对艺术美学的某种倾向,还明显地,装出对某种书法法则讨好抑或兴趣的成分。

不是睹物生情,我是被叫醒,被带到一张谈论艺术的圆桌上。竹子可以作为毛笔管的部位,有我非常熟悉的手感,我用手轻轻摸过去,一张宣纸上某笔大草的线条便突然在眼前延宕开来,说明我熟悉的艺术生活在这里还有另一种形式,说明一个写字的人他的工具也有自己的生活。不同的是,它现在是以一种幽暗的方式,与我这类人相呼应着,它打出的手势,只有我脸上的表情知道。在另一些场合,我一直认为,是一支笔带领着我写下了一个字,我又怎能怀疑,这些竹不是特意为那些漂亮的字体而生长出来的。

现在,它们凭借着自己的感觉,认出了我这个来自远方的手指上还染有墨香的人,我是它们必须要辨认出来的人。可以肯定,它们与我在广东想要见面的某几个诗人,几乎同等重要,那天晚上,面对一桌子的文人,我突然问:"谁名叫聪明竹?"

这棵水同木明显是老了。在这隆冬季节,虽说是在广东东莞,却也依然能看出它衣衫单薄的样子,以至我们一队人要特意停下来,辨认它到底是已经枯死,还是依然活着。

而昨天,因为这里的气温,我还卸去厚装从商店里买了一件衬衫来穿。那么,一条花格子围巾对于这棵水同木也是需要的?看它朝天张开自己树杈的模样,明显是一个人张着嘴正要说出什么,关于一个可以对话的冬天,它至少已经有了三百年的积累,而我们一队人都只是匆匆过客。

它真的死掉了吗?我说:"小丽阿姨!"小丽是我邻居一

个退休妇女的名字，每天早上上班时我都看见她在广场上跳舞。一天，一辆洒水车路过那里，我发现她与那群老太婆竟一下子变成了一堆少女；又一辆洒水车路过，她们又恢复成原来的年龄。在这一大片的树林中，它们当中一定也有一些树喜欢在夜间跳舞的，但愿这棵水同木也在当中。在某一瞬间，它们同那群老妇女一样，同样给我带来了真实与魔幻，隐身与闪现的幻觉。

这完全可能，相当多的夜晚，我也是独自过着一棵树的生活。当我过着一棵树的生活时，我身上也被时间以外的风吹过，头发比树叶更沙沙作响。我跑过的山岗，有月色和寂静，其他的树木认出了我脸上的汗水。而那时，我有着另一种不容侵犯的庄严。在树木的心理年龄中，也许这棵水同木比我的年龄更小，它没准儿还只是一个少女，如果它还是少女，我是会紧张的，并会考虑应该送给这棵树什么款式的围巾。

有人在附近咳嗽着，我立即知道，这个咳嗽的人，一定是一棵黄樟树或者金山茶。

我按直觉判断，能亲近地对我发出信号的，只能是它们，只能是这种内心裹着浓烈香气的树种。只能是我身上的香气，引起了它们的注意。

在大街上，我往往会向着一个人，喊出与自己失散多年的某朋友的名字，而事实上他不是。也有人迎面走来，对我一直微笑着，而无论我再怎么回忆，他仍然还是一个陌生者。那么，一定另有一些感觉，一直处在我们四维空间以外的黑暗中，但我们不知道它具体的形状,它出现的方式。比如在这片森林中,我会本能地对某些树木特别亲切,可是这种亲切的理由是什么,我自己也无法说清。

以此类推,在观音山近二十平方公里的这条林带上,面对无法数过来的各种树木,被我叫出名字的与暗中在叫着我名字的,我已无法一一去分清,并落实它;我只能向它们致敬,收藏它们各自散发出来的气息,冥想它们与我或近或远的生活。

这让我想起在另一片森林,在各类文学网站上,我也一直在一片森林里生活着。彼此近距离的说话,却不知对方是男是女是老是少。现在,对于网络上的文学交流,我已越来越养成了一棵树的定力,我只是一片宏大中的一棵,在沙沙作响或者黄叶飘飞的叶片中,我同样感到了拥挤,但我会看护好自己相对宁静的根须。网络上同样有跑来跑去的树木,奔跑的树木们,也按各自的内心法则忙着自己的生活。这却有别于我现在身处这片森林中的情景,如果在网络森林中的那些人,他们也能体会到我眼前这片森林的生活法则,也能听到我此刻内心中美妙的交响,他们可能会立即转身,会换一种姿势,在自己的森林里走动。

当然,这座森林现在是我一个人的,现在它也在我的意念中奔跑着。我所要的生活,也通过它们的走动有了彼此的相认。

我多么愿意自己的现实生活至少有两种以上的形式。至少一种能过着人的生活,一种则有着树一样的生活。而铁打的事实是,当我走出这片树林,我便立即要从它们的集体中退出来,退出我的狂想，被更多的人叫出我真实的名字，在生活中真实地睁开眼睛，还原。

我突然地参与了这片森林的生活。这是这座森林强迫的？它们用强大的精神意志劫持了我？或者我只是路过了谁的门前，听到门里头的声音，想象出我也在里头的情景，并以此来缓颊晦重生活中一些古怪的理念。当中还可能被谁无缘无故绊了一下，与谁碰了个满怀，还捏了一下谁的小耳垂。对于这一切，我显然已无法更细致地摆列出来。

我甚至认为，现在不是白天，是黑夜，我正与谁共同点燃了一堆浩大的篝火。或者这片森林就是篝火，我是站在篝火边上的那个人；或者我就是浩大的篝火，是这片森林站在我身边，看着我熊熊燃烧。我们彼此已分不清谁是那堆篝火，分不清各自的体温，而一直在说话的人，也不知是我的嘴唇抑或树木们的嘴唇。但不置可否的是，我在这当中肯定是少数，是它们中的一棵树或者相互客串的三四棵树。

或者，我是自作多情的。只为自己心中的某种虚无缥缈找一个理由来自言自语，并显得很认真，并不与谁分享，表面上是无效的，内心里却无比地看重它。

三　我独自在静秘中走了五公里

我常常走出了人群。尤其是登山，或者一队人马在某处闲逛时，我会不经意间就把其他人弄丢了。也说不出是怎么走脱人群的，仿佛就有另一个人要带着自己走开，在一段恍惚中如同梦游过一次。路上独处时，我还爱自言自语，一次登上目海尖，面对漫山遍野的杜鹃花，我忘情地在山顶大喊大叫："来抓我呀，我就是你们要捉拿的采花大盗！"

如果以此为理由，我可能就属于那种大地比较喜爱的病人，在老家则被叫作容易"丢魂"的那类人。小时候邻居有个孩子经常闹病，有时长时间昏迷不醒，他母亲就点着香火在家门喊着这孩子的名字要他回来，这一喊孩子果然就醒过来了。在湘西有一种叫"桃花醉"的迷俗，提醒男人们最好不要轻易从一种人家门前经过，那家养有女儿，又在门前栽有桃花，路过的男人回家后就可能一直卧病迷醉不醒。这些现象简直是很诗意的，作为病，竟可以与某种神性的东西联系在一起。

而博尔赫斯也得有类似的病，当他紧抓那位年轻漂亮女郎的胳膊，出现在布宜诺思艾利斯街头，他两眼空洞，让世界亏欠，他说他不是在走路，也不是瞎子，而是向大街上的人传递火光。帕斯诗句中说到另一个帕斯在那条街对面正向他走来，这也是没错的，那种用距离与反方向说出精神深处的分裂感，已成为世界文学的一个经典镜头。阿什贝利前后两次走进同一家画店，去看同一幅画，却坚持怀疑他进入的不是同一家画店，这也是对存在中真实与不真实的深刻辨认。

因为难以名状的疑惑，我也有多次在行走中离开自己的经历。

在观音山耀佛岭丛林小道上，我开头与张锐锋伴行，一个写新散文的行家里手，我与他走得很散板随性，东一句西一句，我不知道他写散文时，有没有写到前言不搭后语时反而感到很酣畅的经历。我也不知道他对散裂的思维持什么看法，有没有在文字的大散大裂中得到泥沙俱下的磅礴，有没有在散裂中看到更大的整体感。

后来是乔叶，我问乔叶："在小说家与诗人这两种身份中，你更愿意别人认定你哪一种身份？"她告诉我许多小说家的文字是不能看的，她现在其实还一直在偷偷读着诗歌；在诗歌中她有过早慧的经历，二十世纪九十年代她很年轻时就参加了《诗刊》的青春诗会。我这样问她，其实更像是为了证实，在小说家与诗人这两种身份中，她现在是以哪一种身份与我一起走路。这是我走路时惯有的怪念头，在与人对话中忽前忽后，忽左忽右，说着说着就突然发现，身边已经没有谁跟自己一起走路了，连自己怎么走完了那条路也记不起来。

后来又与诗人李元胜走到了一起。元胜是学昆虫学专业的，一路上说了许多昆虫的话题，我对他提及过法布尔观察手记《昆虫记》这本书，他则告诉我他拍摄的一部专门研究昆虫的画册已经出版，而且还被列在国内年度十种热销书中，弄得园林管理处的老陈一定要另请他再次来观音山，来拍一拍这里的昆虫种类。我也很诧异，在这片树林中，他的话题让我突然想起卡夫卡的《变形记》，怀疑自己与昆虫们是不是也有什么今生前世的关系。如果我也是昆虫，我应该是昆虫中的哪一类？因为我也写过自己酒后突然变成小甲虫的一首诗，大街上的人们还把我翻过身来拨弄某器官，以辨认这只小甲虫是公的还是母的。

那当中我突然想，人多么奇怪，很轻易地就会把自己分离了出来。前一刻还在计较着什么名分，现在又要与一些昆虫莫名其妙地纠缠到一起。而如果不去想这些，反而会显得假。

更多时候，我对自己身份的辨认也一直处在恍惚中，无法把持它，它总是那样在不知不觉中左右摇摆着。我与元胜一起走着，当中还偷偷想象过，自己如果果真能作为昆虫时的一番生活情景，比如那时，我就不用天天洗脸。而一个人也更多的处在对自己的摆脱中,这涵盖了对别人的摆脱与对自己的摆脱，并分不清摆脱的特定时间与特定情形是什么。我想我要是真的当上了小甲虫，我一定还要想方设法赶紧再变回来，变成另一张脸，这样，以前与我有关系的人就不会再有什么瓜葛了。后来元胜在山涧中的一泓水潭中停下来,说发现了娃娃鱼的苗子。也就在那时，我迷糊地从集体中走了出来。

接下来，我才独自一人沿着耀佛岭依稀可辨的小径向山下走了约五公里的路。

听说上一回《人民文学》主编韩作荣老师也是在这条路上与人群走偏离的，我觉得我今天不会。这条路本来已被园林管理处封堵，一路上我们已经钻过了几道铁丝网。这给行程带来了悬念，也因为有了对什么的冒犯，而多出一份莫名其妙的快感。那时，我已完全从某种规约中孤立了出来，集体的行走也是一种规约，现在我只一个人了，觉得整条路是为我一个人铺设的，走与不走是自己的，走得快与走得慢也是自己的，甚至一路上要看什么与不看什么谁也影响不到我。而对于其他同行者的摆脱，我不知这算不算比别人多穿越了一道铁丝造成的封堵。

按自己在现实生活中的许多做派，我应该合适划分在孤魂野鬼一类。这不但是由于我历来不适应人群，还由于心中一直有一道我看不见，却能处处左右我的魅影。在说不清道不明时，它要我向左拐或向右拐，并在还没有回过神时，我就服从了它。这事我真的已无法做主，别人也管不了，我小心翼翼被它左右并伺候着它，说不出它的好，也说不出它的坏。

我也把它归顺于日常辩证法的一些推理。比如平时一直没有登山锻炼身体的习惯，但每次与人一起爬山时，又总是不知不觉地走在了最前面，我把这归结于自己少年时经常上山砍柴的功底。写作的时间已足够长，又极其不安分，习惯在文字中跑东跑西，相信这是自己不能放弃的主张，认为只有多维的文字才能规约住多维的世界，才能开阔。认为唯如此文字在手上才会出现一种新的可能，才能应对心中的真实与世界的真实。

对于这种写作，别人不会给我好处，这我清楚，这有悖于许多人对文字的认知原则，给了我好处反而证明我还做得不够好。一千个读者好还是只有几个真正的读者好，我心中是有选择的。有了这些理由，我就知道自己已经深深冒犯了什么，这是一种深在的精神泥坑，命该如此也顺理成章。而如何解脱？出路只好反应到日常潜意识的自我抽离中，通过肌体上的具体行为，来替代潜意识的反抗。

　　这便是我平时习惯性走出人群的理由吗？它深埋于我的身体，听从于自己对某种压迫的逃遁，对什么退让，对什么拐弯，也要赶紧走在前面。但是，赶，也是一种回避。退着，让着，拐弯着也赶紧走着，结果，只剩下了自己一个人。

　　是的，我现在又无缘无故地只有一个人在走路了。说得更确切一些，是把自己身体中的一个鬼抓了出来。我一个人走在没有任何人可以迎面走来的路上，走走停停，好像自己不是一个人，更像是一块石头从整个山体中滚落出来。这块石头有知觉，有血液，懂得享受作为石头的寂静，又等待着自己在下一刻重新变回去。

　　茂密的树林时常有幽幽的鸟鸣，在鸟的眼里，它们可能也想知道，这个独自行走的人是怎么变成石头的。有时也会停下来，对路边古树上的藤条发呆，深究它爬上去的步伐与所用的力气。而极少有人知道，发呆在那时候是一种怎样的享乐。还会突然对某棵树上结出的无名果子作个手势，并且不知道为什么要做那个手势。

　　在几处值得怀疑的拐弯处，我还特意朝身后的山上喊了几声，除有排解寂寞的成分，还一定把自己当成了其他人的路标，生怕后面的人把路走错。这相当奇怪，一个独自走路的人，反而会担心身后更多的人把路走错，好像自己并没有迷失，迷失的是走在身后的人们。好像这群人是被自己弄丢的，我有担当的责任。还包括从自己身体中走出来的另一具身体，它仍然空着站在身后很远的地方,等着我回去拿回来。我终于又明白过来,我依然也不是一个人在走路,不但在关心身后的那群人,也关心着身体中的另一个自己。

走着走着,我又喊了几次,渐渐地,山上再没有传来他们的声音。我知道把大家甩开很远了,那时,我才感到自己所花用的时间是真正空白的。

在山脚下一座架在水库边上的路桥上,后来等到了陆续下山的人们。

2008-01-23

毫无胜算的事（代跋）

有一件事我做了长达几十年依然毫无胜算。这就是，我要把身体中的那个人带出来。

我在另一首诗里说到我的身体就是我借以修行的一座寺院，宏伟，空旷，又寂寞。自己的房子也是自己的身体，而里头只住着我一个人。他的孤独与他的热闹，只有这个人知道。

而他一旦能够出来，一个人便变成了两个人。便有了相互间的辨认，一个吭声一个不吭声，一个酒量很大另一个滴酒不沾，一个永失我爱一个依然俗肠不断，从此各走东西或者携手并进。

那么，他肯出来吗？太长的时间里，他遭受的都是无人问津。身体里也有雨夜的屋漏，也有摸着石壁，永夜无眠。久而久之，甚至这具身体成了一座断桥，再没有人能轻易地徒步走进去。或者，背过身去，不再搭理门外的叩问声。

或者，像我在某处一面墙上看到的两个字：白夜。白字是黑的，夜字是白的。

这成了一顾两茫茫以及自己的断绝处,成了门内与门外,这一头儿与那一头儿。隔岸的风景也隔着不透明的空气,隔空喊话,喊的是自己的身体,却就是不一定有人回应。

我知道,在我的身体里,那人在做他热闹而孤独的事。此刻,他一定仍然暗藏着自己的癖好,他在与谁都并没有打交道地埋头打磨手上的事,并因孤独与寂寞长出了尊严。

他一直以自己贵气的双手治理着技艺十足的活式,显得神经质与较真儿,行使着被自己百般伺候过的心灵术,躲在自己的暗房间里,与光阴为敌,铁心认定自己的要与不要,反复比较着经过取舍后的确认与维护,征服并化解着这些非常人能理解的一个人独处的光阴。

他感到自己处在暗无天日中争夺来的一切才是真正不可侵犯的。它有孰是孰非的问题,具有值得与谁纠缠的一份坏脾气以及一份不管不让的可以一头黑到底的倔强。

他在这当中所经历的都是寂寞的功课。在冰凉的技艺中用掉的都是他内心中无法与人证实的炉火。

真的,这是个有道有术的人。

但他肯出来吗?像一尊菩萨突然显灵,能呼风唤雨,四处显摆自己魔幻的手指,点石成金。宣告大功告成,说经历过一段晦暗无光的自修后,便成就了复出般的金身闪现,成为真正的水落见石出。

他有这种可能,一出现便是我另类的变体。生物学家说,有的动物,生存环境三十摄氏度以下时是公的,而在三十摄氏度以上时会变成母的。我觉得,我也有另外一种设定。我与他也有所谓三十摄氏度的临界线。

或者,这个人会觉得自己的前半生只得到一个坏的结果。

如果出来,这回便要永无再错地去转世,从人间再一次去人间。像我一再提到的那只猛虎,面对决死一跃的虎跳峡,去对对面的人间说,我来自对面的人间。

我不知道,当他在这种情形下从我的身体中走出来,他是个垂头丧气的人抑或想要脱胎换骨的人。他会不会对我说:这一切只是相当于一场苦恋,当初我是多么拿自己的自以为是当作天大的事,而现在的结局是,永怀痴梦却又心有不甘。

这是另一种设想中的结果。而我的老婆一定不会同意我去做下这些事,无论你是一个人还是两个人,她会坚持认为,你只有一个汤养宗。她还会一嗅再嗅我身上散发出来的气味,说一想到我身上的气味,万中无一,又与万物融合,当中便是她所要的也是早已习惯的那份好与那份坏。对别的,她真的已没有把握。

这多么有趣,在身体内与身体外,仿佛一个人豢养着另一个人。在两个身体之间,在屋内与屋外之间,敲一敲一扇柴门,立即就有了问与答,显与藏,拒与纳的隔空回旋。立即有了他乡遇故知般的三番探试两行热泪一颗苦心。

那又怎样?要辨认?证实?看什么是不是真的那样?看这个人是不是自己?

我有胜算吗?看来毫无胜算。

或许，得到的另一个人的答案是非常暧昧的，甚至语无伦次。甚至，欲辨已忘言。

在两个人之间（是两个人吗？）他会说：出去干什么？还不是又要从这扇门再落入另一扇门。无论在门内还是门外，无论站在哪一头，都是伸手不见五指的。

说这些话时，有万万不可再去受二茬罪的意味。

说这些话时，他像一个二傻，顶撞着一再在乎他的大傻。

2018-11-23